Über die Autorin:

AF236305

*C*orinna Weber wurde im März 1976 in Darmstadt geboren. Sie lebt mit ihrer kleinen Familie in dem schönen Örtchen Wald-Michelbach im Odenwald.

Der erste Band aus der Taschenbuch Reihe „Ronjas Welt" handelt von dem Leben einer jungen Frau, die gerade 18 Jahre alt geworden ist. Vieles gibt es nun zu erleben und zu entdecken.

Die Autorin gab ihrer Hauptprotagonistin den Namen „Ronja", um ihrer, im September 2019 verstorbenen, zwei-jährigen Tochter durch die Romanfigur wieder Leben einzuhauchen.

Sämtliche restliche Personen der Geschichte, sowie Handlungen oder Ähnlichkeiten, sind frei erfunden und daher rein zufällig. Die Orte gibt es tatsächlich.

Neben der nun entstehenden Taschenbuch Reihe stammen die „MUDDI Zusammen schaffen wir alles"- Bücher aus der Feder der Odenwälder Autorin.

Corinna Weber

Ronjas Welt

Band 5

Impressum:

Bibliographische Information der Deutschen Nationalbibliothek:

Die Deutsche Nationalbibliothek verzeichnet diese Publikation in der Deutschen Nationalbibliografie; detaillierte bibliografische Daten sind im Internet über dnb.dnb.de abrufbar.

Copyright 2022 Corinna Weber
Herstellung und Verlag: BoD – Books on Demand, Norderstedt

ISBN: 978-3-7557-0752-3

Für meine drei wundervollen Töchter

Vorwort

Dieses Mal dreht sich bei Ronja und ihrer ganzen Familie alles um das große Thema „Liebe". Und das auf die unterschiedlichste Art und Weise: Die einen stellen fest, dass man ohne sein „Gegenüber" nicht mehr sein möchte, und die, die eigentlich völlig grundlos an der großen Liebe zweifeln. Andere können sich ein Leben ohne einander gar nicht mehr vorstellen und dann gibt es noch die, die mit einem Schlag und völlig unerwartet die Liebe ihres Lebens finden.

Lasst Euch wieder entführen in Ronjas kleine Welt, erlebt mit ihr ihren Alltag und begleitet sie durch einige unglaubliche Momente ihres Lebens mit ihrer Familie und ihren Freunden. Und lasst Euch vielleicht ein wenig anstecken von dem unglaublich schönen Gefühl wahrer und echter Liebe!

Und zum besseren Verständnis werden sie alle hier zunächst vorgestellt:

Georg, genannt „Schorsch"	Vater
Mathilda, seine Frau, genannt „Mia" oder auch „Mamutschka"	Mutter
Ronja	die jüngste Tochter
Finja	die Mittlere
Anja	die Älteste
Andreas Meyer	Anjas neuer Mann
Reiner	der Ex-Mann von Anja
Leonie und Lennox	die Kinder von Anja und Reiner
Else und Jürgen	Anjas Ex-Schwieger-eltern
Doro	Finjas Lebens-partnerin
Rosa und Karl	Schwester und Schwager von Georg

Lena	Ronjas beste Freundin
Karin	Lenas Mutter
Greta	Mathildas beste Freundin
Werner Meyer	Vater von Andreas
Marco Gasser	Schweizer
Loris Gasser	Marcos Vater
Lauren und Vitus Gasser	Marcos Brüder
Gitti Winkler	Chefin der „Süße Schmiede"
Horst und Thomas Winkler	Mann und Sohn von Gitti
Paula, Emilie	Angestellte von Gitti

Ronja stand verzweifelt mitten in ihrem Schlafzimmer. „Maaaaaama", kann ich „Franz" mitnehmen? Biiiitte!" Ronja sah ihre Mutter Mathilda flehentlich an. Die musste schmunzeln. „Warum willst du denn das alte Ding unbedingt mit in den Urlaub schleppen? Du kannst doch auch Papas Neuen mitnehmen." Sie wusste, wenn ihnen jetzt jemand zuhören würde, wären ihnen wahrscheinlich sehr seltsame und fragende Blicke ziemlich sicher. Dabei redeten die Beiden von nichts anderem als von Rucksäcken. „Franz", das war der Familien-Rucksack, der Mathilda und Georg über die letzten Jahrzehnte treu auf jeder ihrer Touren begleitet hatte. Er hatte wahrlich seine besten Zeiten hinter sich und deshalb hatten ihnen die Kinder vor vier Jahren einen neuen, sehr modernen und komfortablen Rucksack geschenkt. Das Herz aller hing aber komischerweise weiterhin an „Franz", und genau nach dem fragte Ronja ihre Mutter jetzt. Sie hatte im Juli ihre Ausbildung zur Konditorin sehr erfolgreich beendet und als Belohnung hatten ihr ihre Eltern einen Urlaub in der Schweiz geschenkt. Ronja wollte das Angenehme mit dem Nützlichen verbinden, und sich dort gleich mal erkundigen, was sie tun musste, um als Chocolatiere arbeiten zu können.

Und wo genau könnte man das besser recherchieren, als in dem Land der besten Schokolade überhaupt. Sie war gleich nach der Ausbildung von Gitti und ihrem Mann in der Bäckerei und Konditorei „Süße Schmiede" übernommen worden.

Das stand schon am Ende ihres zweiten Ausbildungsjahres fest. Dafür wurde Sophie entlassen. Ihre ständigen Intrigen, ungerechtfertigten Kritiken und nicht zuletzt auch ihre durchweg schwache Leistung waren das Aus für ein Weiterarbeiten bei Gitti und Horst. Mathilda betrachtete ihre Tochter liebevoll von der Seite, während diese drohte, wie üblich, in ihrem zurechtgelegten Klamottenberg zu versinken. Ronja hatte sich die letzten eineinhalb Jahre ganz schön verändert. Sie war zu einer sehr reifen und erwachsenen Frau geworden. Ihre Gesichtszüge waren markanter, ihre Augen wacher und ihr Lächeln wirkte auf andere noch einnehmender als vorher. Sie wusste ganz genau, was sie wollte, und wohin sie ihr Weg führen sollte. Und das machte Mathilda mehr als stolz. Hier zuhause in ihrem Zimmer, war sie aber weiterhin die kleine Chaotin, die ohne Mamas helfende Hand oft nicht wirklich weiterwusste. So wie jetzt. „Was mach ich denn jetzt mit den ganzen Schuhen? Und soll ich die schwarze Jacke mitnehmen oder lieber die blaue? Und eine Mütze… glaubst du, ich brauche eine Mütze?" Ronja stand mal wieder wie ein völlig orientierungsloser Noah auf der Arche, auf der verzweifelten Suche nach den letzten noch fehlenden Tierpaaren.

Mathilda verschloss die Schranktüren und drehte sich entschlossen zu ihrer Tochter um. „So, du kommst jetzt mit mir in die Küche und wir trinken zusammen einen Kaffee. Dann nehmen wir uns einen Zettel und notieren, was du mitnehmen musst und möchtest. Und DANN können wir schauen, wieviele Gepäckstücke du wirklich brauchst." Ronja atmete auf. Ihre Mutter hatte vollkommen recht. Das, was sie hier gerade veranstaltete, führte zu nichts. Und sie hatte ja auch noch drei Tage Zeit, bis der Zug sie von Weinheim aus an den Brienzersee bringen sollte. Sie folgte ihrer Mutter ins Erdgeschoss in die gemütliche Küche. Dort saß ihr Vater über seinen Laptop gebeugt, die Lesebrille auf der Nase und einen Kaffee vor sich. Als seine Tochter und seine Frau die Küche betraten blickte er auf. „Na meine zwei Hübschen, wie läufts beim Einpacken?" Er sah in Mathildas Gesicht und zog den Kopf ein. „Oh, ich seh schon. Da braucht wohl jemand mal eine Pause. Ich habe gerade vorhin frischen Kaffee aufgesetzt, bedient euch." Mathilda sah ihren Mann dankbar an. Sie holte sich und Ronja eine Tasse, goss Kaffee ein und öffnete eine Packung Kekse, die sie gerade im Küchenschrank entdeckt hatte. Dann stellte sie sich hinter ihren Mann und blickte ihm über die Schultern. „Was treibst du denn da?" Sie sah auf den Bildschirm und wurde auf den ersten Blick nicht wirklich schlau. Dort waren Luft-ballons und anderer Dekokram zu sehen, das Ganze wirkte ein wenig wie eine Seite für Hochzeitsplaner.

Georg tätschelte Mathildas Hand, die auf seiner Schulter lag und meinte verschmitzt: „Ich recherchiere nur etwas, alles gut. Und, mein Töchterlein? Gerichtet für die große Reise?" Mathilda merkte ihrem Mann sehr wohl an, dass er grade etwas unbeholfen versuchte, abzulenken und setzte sich zu Ronja an den Tisch. „Naja, sooo groß wird die Reise ja nicht. Immerhin fahre ich ja nicht nach Grönland. Aber ich freue mich wahnsinnig auf Tante Rosas und Onkel Karls Chalet. Außerdem auf ausgedehnte Spaziergänge am See, die erste Portion Rösti und auf den Besuch der Schokoladen - Manufaktur." Sie strahlte über das ganze Gesicht. Ronja war eher der ruhige Typ, lange und laute Discoabende oder Clubbesuche waren überhaupt nicht ihr Ding. Sie traf sich mit ihren Freunden lieber zum Essen, zu gemeinsamen Spieleabenden, zum Spazierengehen oder zum Grillen.

Lauschige Sommernächte, in denen man bis nachts zusammensitzen und reden konnte, zog sie jeder Party vor. Rosa, die Schwester ihres Papas, und ihr Mann Karl besaßen schon seit Jahren ein wunderschönes Chalet direkt am Brienzersee. Sie waren zurzeit auf einer Kreuzfahrt zu den Hurtigruten und würden vor September nicht wieder in der Schweiz sein. Sie waren sogar froh, dass in der Zeit jemand in ihrem Haus wohnte, Ronja war perfekt untergebracht und konnte sich somit das doch ziemlich teure Vergnügen der Hotelübernachtungen sparen. Natürlich hätten ihr ihre Eltern auch das Hotel bezahlt, immerhin hatten sie ihr diesen Urlaub geschenkt. Aber so war es für alle die beste Lösung. „Hol mal den Block aus der rechten Schublade da vorne und bring einen Kugelschreiber mit. Wir machen jetzt mal eine Liste." Georg war schon wieder völlig in seinen „Recherchen" versunken und Mathilda und Ronja machten sich an die „Packliste" für Ronjas ersten Urlaub ganz alleine…

„Schatz, kannst du mir bitte Louisas Tee mitbringen, der steht in der Küche." Andreas, der gerade die Treppe herunterkam, nickte, holte die Teeflasche von der Anrichte und brachte sie zu Anja und seiner kleinen Tochter ins Esszimmer. Louisa saß in ihrem Hochstuhl und versuchte krampfhaft, sich den Löffel mit dem Kartoffelbrei selbst in den Mund zu schieben. Andreas sah ihr amüsiert zu und setzte sich dann neben seine Frau Anja. „Na mein Schatz, was habt ihr heute noch vor?" Er streichelte ihr über den Rücken. In spätestens einer Stunde würde er losmüssen, er hatte Spätdienst und musste um eins in Mannheim sein. „Finja wird Louisa später abholen, sie und Doro wollen

bummeln gehen und die Kleine mitnehmen. Ich werde kurz bei meinen Eltern
vorbeisehen und danach zum Friseur
gehen. Außerdem hat Manfred mir die
Einsatzpläne geschickt, die muss ich über-
arbeiten. Du siehst also, mir wird bestimmt
nicht langweilig werden." Sie zwinkerte
ihrem Mann zu und warf gleichzeitig einen
Blick Richtung ihrer Tochter, die mittlerweile den Kampf mit dem Löffel aufgegeben hatte und sich ihrer beiden Hände
bedient hatte. Dementsprechend war der
Kartoffelbrei natürlich nicht nur in ihrem
Mund gelandet, sondern schmückte nun
das ganze Kind vom Hals bis zu den
dünnen, dunkelbraunen Haarspitzen. Anja
lachte. „Und außerdem muss ich Louisa
noch baden, SO kann ich sie ganz schlecht
ihren Tanten überlassen." Doro, Finjas
Freundin, wurde ausnahmslos auch als
Tante anerkannt. Immerhin waren sie und
Finja mittlerweile seit mehr als drei Jahren
ein Paar. Andreas sah seine beiden Mädels
liebevoll an. Einmal mehr kam ihm in den
Sinn, was für ein großes Glück er doch
damals gehabt hatte, als er Anja auf seiner
Dienststelle zum ersten Mal begegnet war.
Seitdem hatte sie ihn nicht nur zum
glücklichsten Mann der Welt gemacht,

sondern auch seit eineinhalb Jahren zum sehr stolzen Vater der kleinen Louisa. Sie hatte ihr Glück als kleine Familie komplett gemacht. Leonie und Lennox, die beiden älteren Kinder von Anja aus der früheren Ehe mit Reiner waren völlig vernarrt in ihre kleine Schwester und Andreas hatte das Gefühl, als wenn das Leben gerade nicht schöner sein könnte. Die letzten eineinhalb Jahre hatten ziemlich viel Schwung und Veränderung in sein Leben gebracht.

Nicht nur, dass er Ehemann und Vater geworden war, auch sein Vater Werner hatte für einigen Trubel gesorgt. Wenn auch für äußerst positiven. Er, die geborene Mannheimer Stadtpflanze, hatte sich Anfang des Jahres dazu entschlossen, nach Wald-Michelbach, in die Nähe seiner „neuen" kleinen Familie zu ziehen. Und zwar in das kleine Häuschen von Lena, Ronjas bester Freundin. Die wohnte inzwischen in Darmstadt in einer Studenten WG und fühlte sich dort pudelwohl. Sie hatte, nach Rücksprache mit ihrer Mutter, die immer noch unerwartet glücklich bei ihrem Freund wohnte, das Haus an Werner vermietet und der hatte sich die schnuckligen 85 Quadratmeter mittlerweile zu seinem kleinen „Rentnerparadies" umgebaut. Und er hatte ja auch sonst noch einen ziemlich guten Grund gehabt, seine „Stadtwurzeln" aufs Land zu verpflanzen. Und dieser Grund hieß Greta und war Mathildas beste Freundin seit Jahrzehnten. Er und Greta hatten sich auf Anjas und Andreas Hochzeit kennengelernt und waren sich damals auf Anhieb sympathisch gewesen. In den darauffolgenden Wochen und Monaten hatten sie sich immer wieder getroffen, waren zusammen spazieren, Kaffee trinken, in der Oper, im Kino und auf Ausstellungen. Sie teilten ziemlich viele Interessen miteinander und in der Ausstellung „Mannheim im Wandel der Zeit" im Herbst letzten Jahres hatten sie sich dann zum allerersten Mal geküsst. Werner wandelte seitdem auf hehren Freiersfüßen und war schwer verliebt. Greta erging es nicht anders. Man musste zwangsläufig lächeln, wenn man die Beiden zusammen sah. Das späte Glück tat ihnen beiden unglaublich gut. Dieses Jahr im Spätherbst würde Greta 60 Jahre alt werden, und Werner hatte eine riesengroße Überraschung für sie geplant. Er wollte aber nur seine Schwiegertochter Anja ins Vertrauen ziehen, die musste ihn bei seinem Plan ein wenig unterstützen. Die kannte Greta ja nun schon seit Kindertagen, die Freundin ihrer Mutter und Nachbarin war früher eine Art Ersatzoma für die drei Blomen-Mädels. Und Anja wusste daher bestimmt, wie man Werners Herzdame diese Überraschung am besten präsentieren würde können.

Daheim, in der Küche der Familie Blomen, wurde in der Zeit die „Pack-Liste" von Ronja immer länger. Mittlerweile waren schon zwei ganze Blätter gefüllt und Ronja schrieb gerade auf das dritte Blatt „Putzmittel". Mathilda sah sie leicht verzweifelt an. „Ronja Schatz, warte mal, das wird hier gerade etwas unübersichtlich." Sie kratzte sich am Kopf und nahm sich die beiden voll-geschriebenen Zettel vom Tisch. „Wieso machst du nicht einen Zettel mit Kleidungsstücken? Also wieviele Hosen, Oberteile, Jacken, Unterwäsche und so weiter du mitnehmen willst. Und den anderen Zettel dann mit allem anderen wie Ladekabel, Sonnencreme, Tablet, Sonnenbrille etc. Und wie in aller drei Teufels Namen kommst du denn jetzt auf Putzmittel??" Georg verkniff sich auf der anderen Seite des Tisches ein Lachen und Ronja raufte sich die Haare. „AHHH, ich bin für sowas echt nicht geschaffen. Ja, du hast recht, so, wie du das jetzt sagst, klingt es tatsächlich nach einem Plan. Ich dachte nur, ich sollte die Bude doch auch in Schuss halten, wenn ich schon dort wohnen kann, oder?"

Mathilda seufzte und schenkte sich nochmal Kaffee ein. Georg hielt ihr wortlos seine Tasse hin und klappte seinen Laptop zu. „Aber Schätzchen, Rosa und Karl haben doch immer noch ihre Haushalts-hilfe Dagmar, die kommt dreimal in der Woche, sieht nach dem Rechten und geht sogar einkaufen, wenn du das willst. Du brauchst dich also um nichts zu kümmern. Schließlich hast du doch Urlaub und sollst den auch genießen können." Ronja atmete erleichtert auf und strich das Putzmittel von der Liste. Ungefähr zwei Stunden später hatten sie zu dritt eine zweiseitige Liste mit Dingen, die Ronja wirklich brauchen würde. Außerdem würde sie ja nicht auf eine einsame Insel fahren. Alles, was sie für den Bedarf des täglichen Lebens brauchte, würde sie auch in der Schweiz bekommen. Wenn auch um ein Vielfaches teuerer als hier in Deutschland. Die Blomens waren zwar, dank des sehr großzügigen Erbes von Gerlinde von Dannersberg, der Kurbekanntschaft von Georg, finanziell bestens versorgt, aber gerade Ronja hob sich das Geld gerne für besondere Gelegenheiten auf. Wenn sie wüsste, wie bald diese auf sie zukommen würden....

Finja und Doro flanierten in der Zeit mit Finjas Nichte Lousia im Kinderwagen durch die Altstadt von Heidelberg. Doro brauchte noch dringend einen ganz speziellen Überlack, der bei ihrem Großhändler zu Zeit nicht verfügbar war. Eine Freundin von ihr führte ein gut gehendes Nagelstudio in mitten der Altstadt und wollte ihr gerne aushelfen. Sie hatte sich in ihrem eigenen Studio „Lacky Nails" in ihrem gemeinsamen Haus in Dossenheim einen guten Namen gemacht. Manche Kunden kamen von weit her, um sich bei ihr die Nägel verschönern zu lassen. Finja war des Öfteren für mehrere Tage nicht zuhause, sie betreute mittlerweile größere Fernsehproduktionen als Maskenbildnerin

Beide gingen in ihren Berufen völlig auf und waren im Privatleben sehr zufrieden und glücklich miteinander. Die Nachbarn hatten sich zu Anfang sichtlich schwer getan mit dem lesbischen Pärchen. Es waren überwiegend ältere Leutchen, die ein wenig Angst um ihren häuslichen Frieden hatten. Nachdem Finja und Doro allerdings die erste Gartenparty organisiert und alle Nachbarn eingeladen hatten, sich selbst einen Blick zu verschaffen, legten sich die Zweifel und die Skepsis. Jetzt war das junge Frauen-Paar bei allen gern gesehen und beide erledigten auch gerne schon mal kleinere Einkäufe für ihre älteren Nachbarn. „Guck mal Finni, wäre das nichts für dich?" Doro deutete auf einen schneeweißen Anzug im Schaufenster eines Brautmodegeschäftes. Sie knuffte Finja liebevoll-neckisch in die Seite und kraulte mit ihren Fingern Finjas Nacken. In ihrem Kopf arbeitete es, das durfte Finja nur nicht bemerken. Bei dem Gedanken, was sie und Georg gemeinsam ausheckten und planten musste sie aufpassen, nicht allzu breit zu lächeln. Finja legte den Kopf schief und betrachtete eingehend die Schaufenster Puppe mit dem gut geschnittenen, hellen Anzug.

„Meinst du wirklich, mir würde so etwas stehen? Ich bin ja eigentlich eher der Kleider - Typ." Sie schob den Kinderwagen auf der Stelle hin und her. Louisa war gerade eingeschlafen, sie wollte nicht durch plötzlichen Stillstand riskieren, dass sie wieder aufwachte. Doro musste nun doch grinsen. Finja war zweifelsohne viel mehr „Mädchen" als sie selbst. Doro war schon immer mehr der forschere Typ, kleidete sich hip und flippig, trug die Haare kurz und völlig verwuschelt und wirkte eher wie eine moderne Pippi Langstrumpf. Finja liebte Doro gerade deswegen so sehr, weil sie auf jegliche „normale" Konventionen überhaupt keinen Wert legte und sie regelmäßig in ihre bunte Welt mitriss. Finja war zwar auch sehr weit weg von dem Bild einer biedern Hausfrau mit Lockenwicklern und Kittelschürze, aber dieses „flippige Gen" fehlte ihr dann doch völlig. Doro beobachtete ihre Freundin, wie sie sich liebevoll und fast schon mütterlich um ihre kleine Nichte kümmerte und ihr wurde warm ums Herz. „Weißt du eigentlich, WIE sehr ich dich liebe, meine Süße?" Doro hatte Finja diesen Satz leise ins Ohr geraunt und die bekam ein wohliges Kribbeln in der Bauchgegend. „Ich könnte dich jetzt hier auf der Stelle vernaschen." Finja kicherte wie ein Teenager. „Dann sollten wir uns besser schleunigst um deinen Lack kümmern, bevor du auf noch mehr solch obszöner Gedanken kommst und wir am Ende wegen Erregung öffentlichen Ärgernisses in den Knast kommen. Ich meine, wie erkläre ich dann Anja und Andreas, dass sie ihr Kind aus dem Gefängnis abholen müssen?" Sie drückte Doro einen schnellen Kuss auf die Lippen und lief dann voraus. Doro war gerade noch schnell genug, um ihr einen kleinen Klaps auf den Hintern zu versetzen.

Georg wuchtete die große Reisetasche ins Zugabteil, und Mathilda kam mit „Franz" auf den Schultern hinterher. „Hast du jetzt alles mein Schatz? Geld, Ausweis, Krankenkassenkarte, Ladekabel, Schmerztabletten?" Ronja sah sich im Abteil um. Sie würde zweimal umsteigen müssen und ungefähr fünfeinhalb Stunden unterwegs sein. Aber ihre Eltern, und auch sie selbst, fanden es sicherer und erholsamer, die lange Strecke mit dem Zug anstatt mit dem Auto zu fahren. Gerade Mathilda war erleichtert darüber, dass sie sich darüber jetzt schon mal keine Sorgen zu machen brauchte. Ronja würde wohlbehalten in der Schweiz ankommen und dort waren die Bus - und Bahnverbindungen so gut, dass sie kein Auto brauchen würde. Und für den Notfall stand Karls alter Mercedes ja auch noch in der Garage. Ronja wischte sich den Schweiß von der Stirn. Es war Anfang August und ziemlich heiß. „Keine Angst Mama, ich habe an alles gedacht. Und wenn alle Stricke reißen müsst ihr mir ein „Care - Paket" schicken. Außerdem bin ich ja auch nicht zum ersten Mal dort und kenne mich ja wohl ziemlich gut aus." Das stimmte.

Ronja war mit ihrer Familie schon sehr oft bei Rosa und Karl gewesen und kannte die Umgebung ziemlich gut. Mathilda musste nun doch leicht schlucken. Sie drehte sich zu ihrer Tochter um. „Bitte pass gut auf dich auf mein Kind und melde dich, wenn du angekommen bist. Genieße die Zeit und lass es dir mal so richtig gut gehen. Aber bitte komm gesund und munter wieder. Und grüße Dagmar von uns." Mathilda musste nun schwer aufpassen, nicht das Abteil zu fluten. Immerhin ließ sie gerade ihre Jüngste zum ersten Mal für längere Zeit wirklich von der Leine. Natürlich war sie nicht aus der Welt, aber sie war nun mal auch eben nicht gerade ums Eck. „Mama, ich verspreche dir, ich werde mich mindestens dreimal am Tag melden, wenn nicht sogar öfter. Und du weißt doch, wo ich bin. In vier Wochen bin ich ja auch schon wieder daheim." Georg stellte noch eine kleine Tasche zum Gepäck, die Ronja zunächst gar nicht wahrnahm. Dann nahm er seine Tochter fest in den Arm. „Amüsier dich gut meine Kleine und tu deiner Mutter den Gefallen und melde dich zwischendurch mal. Und unterschätze die Langsamkeit der Schweizer nicht." Er zwinkerte. Mathilda schlug ihm mit der flachen Hand auf den Oberarm. „Georg, BITTE! Das Kind soll sich nicht den Mann fürs Leben suchen, sondern sich von dem Prüfungsstress und den anstrengenden letzten drei Lehrjahren erholen. Also dann, mach`s gut mein Schatz." Sie umarmte und küsste Ronja, dann verließ sie den Zug und wartete auf dem Bahnsteig auf Georg. Der zog seine Tochter nochmal an sich und fuhr ihr über den Rücken. „Tschüß mein Mädchen, mach's dir schön und erlebe viele tolle Sachen. Ich hab dich lieb." Er drückte ihr einen Kuss auf die Backen und gesellte sich dann zu seiner Frau auf den Bahnsteig.

Ronja schob das Fenster ihres Abteils herunter und warf ihren Eltern Kusshände zu, die eingehakt nebeneinander dem abfahrenden Zug hinterher winkten.

Dann ließ sie sich in das rote gemusterte, abgenutzte Polster fallen, schluckte kurz und kramte ihr Tablet aus der Tasche. Sie wollte die Zugfahrt nutzen, um sich einen Regional - Pass zu reservieren. Damit konnte sie die nächsten drei Wochen fast alle Verkehrsmittel in der Schweiz kostenlos nutzen und bekam bei vielen Eintritten zu Attraktionen sogar noch Ermäßigungen.

Klar war das auch zunächst ein Batzen Geld. Immerhin musste sie für drei Wochen ungefähr 700,- Euro hinblättern. Aber das war zusammengerechnet immer noch sehr viel billiger, als sich jede Fahrkarte einzeln kaufen zum müssen. Dann buchte sie sich einen Platz für eine Führung im „House of Läderach", einer berühmten Schweizer Schokoladenmanufaktur, auf deren Besuch sie sich ganz besonders freute. Nachdem sie alles erledigt hatte klappte sie zufrieden ihr Tablet wieder zusammen und widmete sich der kleinen Tasche, die ihr Vater mehr oder weniger noch dazu geschmuggelt hatte. Gespannt räumte sie den Inhalt auf den leeren Sitz neben sich und musste lächeln. Ihre Mutter hatte ihr selbst gebackenen Kuchen eingepackt und ein Glas ihrer Aprikosenmarmelade, die Ronja so liebte. Außerdem ein Bilderrahmen mit einem Bild von Anjas Hochzeit mit der kompletten Familie darauf und ein weißer Umschlag. Darin befanden sich 500,- Euro mit einem kleinen Zettelchen, auf dem in der Schrift ihres Papas „lass es dir richtig gut gehen!" stand. Sie fotografierte das Sammelsurium auf dem Sitz mit ihrem Handy und schickte das Bild mit einem

„DANKE", einem Herz und einem Küsschen-Emoji an ihre Eltern. Als sie in Mannheim zum ersten Mal umgestiegen war und nun mindestens vier Stunden ununterbrochene Zugfahrt vor sich hatte, zog sie die Schuhe aus und legte die Füße auf den Sitz gegenüber. Sie konnte es kaum noch erwarten, die ersten schneebedeckten Gipfel vom Zugfenster sehen zu können.

„Hat sich Ronja schon gemeldet?" Anja hatte den Telefonhörer zwischen Ohr und Schulter geklemmt, während sie versuchte, Louisa ihre Schühchen anzuziehen. Die kicherte und entwischte ihr immer wieder, in ihren kleinen, tapsigen Schritten. Anja wuselte hinterher und umklammerte sie mit beiden Armen. „Hier geblieben kleines Fräulein, sonst schaffen wir es nicht pünktlich zu Opa." Louisa lachte und wand sich in Anjas Armen, Mathilda am anderen Ende der Leitung wartete geduldig, bis Anja wieder ansprechbar war. Die hatte Louisa mittlerweile in den Buggy verfrachtet und atmete hörbar aus. Mathilda lachte. „Na, da wird man doch nochmal richtig jung, nicht wahr?" Anja grummelte durchs Telefon: „Ja, oder man merkt, wie alt man eigentlich schon ist. Also, was ist jetzt mit Ronja?" Mathilda wanderte während des Telefonats durch den Hof und zupfte hier und da eine abgeblühte Blume von ihrem Stengel. „Die ist gut angekommen, sie war so gegen vier Uhr gestern im Chalet. Dagmar hatte wohl den Kühlschrank rappelvoll gemacht, Ronja meinte, sie könnte sich mindestens für ein halbes Jahr hier einigeln. Heute wollte sie nach Interlaken und morgen in die Aareschlucht. Nächste Woche hat sie dann einen Besichtigungstermin in dieser Schokoladenmanufaktur. Also bisher läuft alles nach ihrem Plan. Wo geht ihr beiden Hübschen denn hin?" Anja schob Louisa zu Haustür raus und durch die Einfahrt Richtung Straße. „Wir müssen kurz zu Werner, der hat wohl etwas ganz Großes vor und braucht meine Hilfe. Auf dem Heimweg kommen wir kurz vorbei, wenn du magst." Mathilda freute sich. Obwohl Anja mit ihrer Familie am Ende der Straße ihr Haus hatten, in der sie und Georg auch wohnten sahen sie sich höchstens einmal in der Woche, wenn überhaupt. Anja und Andreas hatten ihr eigenes Leben, ihre

Freunde und ihren Tagesablauf, das respektierten sie und Georg absolut. Sie waren immer da, wenn sie sich um Louisa kümmern konnten und Leonie und Lennox kamen oft nach der Schule mal auf einen Sprung vorbei. Finja und Doro sahen sie hingegen noch viel weniger, die beiden waren beruflich sehr eingespannt. Umso mehr freute man sich über jedes Wiedersehen.

„Grüße Werner von uns, vielleicht könnten wir ja am Wochenende mal wieder alle zusammen grillen." „Das ist eine großartige Idee, ich werde es ihm ausrichten. Andreas hat am Wochenende frei, das würde perfekt passen. Also dann, bis später Mama." Als Georg später vom einkaufen nach Hause kam und mit seiner Frau im Hof bei einem Bier saß erwähnte Mathilda den mit Anja beschlossenen Grillabend. Georg überlegte kurz, sagte dann „ich muss mal schnell telefonieren" und entschwand.

Mathilda blieb völlig verdutzt zurück und folgte ihm dann unauffällig. Sie schlich durch den Flur ins Wohnzimmer und in die Küche. Komisch, Georg war nirgends zu finden. Dann hörte sie eine flüsternde Stimme aus dem Bad. „Ja, das geht klar, die

Lieferung müsste übermorgen eintrudeln, dann hast du noch genügend Zeit zum planen. Also bis dann, ich freu mich. Er legte auf, betätigte die Klo-Spülung und öffnete dann pfeifend die Tür, wo er mit Mathilda zusammenstieß. „Ach Mamutschka, was machst du denn hier? Hast du mich etwa belauscht?" Er rieb sich fast schon verlegen den Nacken und Mathilda sah ihn abwartend an. Da er aber weiterhin den doch sehr fröhlichen Gesichtsausdruck beibehielt und offenbar keine weitere Erklärung abzugeben gedachte erwiderte sie nur: „Nein, ich wollte nur kurz auf die Toilette." Sie drängte sich an ihm vorbei und schloss die Tür. Drinnen atmete sie durch und überlegte, mit wem ihr Mann da wohl gerade so verschwörerisch gesprochen hatte. Und von welcher Lieferung hatte er wohl gesprochen? Mathilda konnte sich keinen Reim darauf machen und beschloss, zunächst abzuwarten. Das Telefonat hatte ja wohl etwas mit dem geplanten Grillabend zu tun, also würde sie hoffentlich spätestens am Samstag erfahren, um was es sich drehte.

„Will noch jemand Kartoffelsalat?" Greta deutete auf die Schüssel, in der sich höchstens noch zwei volle Löffel befanden. Nachdem jeder verneinend den Kopf geschüttelt hatte schnappte sie sich den letzten Rest und aß ihm direkt aus der Schüssel. „Hmmm, also Anja, der ist echt grandios gut. Davon musst du mir unbedingt das Rezept geben." Sie leckte den Löffel ab und lehnte sich dann zufrieden zurück. Werner lachte. „Ach komm Mausi, als wenn du in der letzten Zeit Zeit zum kochen gehabt hättest." Sie lächelte ihn schulterzuckend an. „Da hast du recht. Wenn du mich aber auch ständig irgendwo anders hin entführst. Da komme ich halt nicht mehr so oft dazu, meine hausfraulichen Fähigkeiten unter Beweis zu stellen. Außerdem habe ich ja wahrlich schon genug gekocht in meinem Leben." Werner nickte und legte seine Hand auf ihre. „Das stimmt, und genau deshalb sollst du dich ja auch ab jetzt von mir verwöhnen lassen." Er küsste ihre Hand. Greta strahlte wie ein junger Backfisch und Mathilda sah sie verstohlen von der Seite an. Sie beneidete die Freundin ein wenig um ihr neues Glück. Wobei sie sich ja eigentlich wirklich nicht beschweren konnte. Ihr Georg war zwar nun nicht gerade der größte Romantiker auf dem Erdball, aber er tat alles für sie und liebte sie offensichtlich fast noch genau so wie am Tag ihrer Hochzeit. In diese Stimmung traten Finja und Doro Hand in Hand in den Hof. „Ach guck, noch zwei Turteltäubchen. Man könnte meinen, es wäre Mai und nicht hochsommerlicher August. Kommt rein und nehmt Platz. Ach Doro, könnte ich dich einen Moment sprechen bitte?" Georg war aufgestanden, begrüßte Finja mit einem Kuss auf die Wange und ging dann mit Doro ins Haus. Mathilda sah ihnen nach und war nun völlig verwirrt. Auch Finja sah einigermaßen planlos aus der Wäsche, setzte sich aber hin und nahm sich ein Glas und eine Flasche Wasser. „Ein fröhliches Hallo in die Runde. Schön Euch alle mal wieder zu sehen. Wie geht's Euch denn der Reihe nach?" Binnen Minuten hatte sich ein lebhaftes Gespräch am Tisch entwickelt, so dass niemand auf Doro und Georg achtete, die verstohlen wie zwei Spießgesellen an Kartons herumfummelten. Georg schloss gerade einen CD-Player an die Steckdose als Leonie auf das Treiben im Hintergrund aufmerksam wurde. Sie stand auf und stellte sich dazu. „Opa, was macht ihr da?"

Georg zuckte zusammen, dann sah er vor zum Tisch, an dem die anderen Gott sei Dank scheinbar noch nichts mitbekommen hatten. „Das ist eine Überraschung für Tante Finja. Magst du mithelfen? Du musst aber ganz leise sein, versprochen?" Leonie liebte Überraschungen und klatschte aufgeregt in die Hände. „Au ja, super!" „Pst, nicht so laut, die anderen dürfen doch noch nichts mitbekommen." Leonie schlug erschrocken die Hand vor den Mund, dann flüsterte sie: „Okay, ich bin ganz leise. Was soll ich tun?" Ungefähr zehn Minuten später gesellten sich die drei zurück zu den anderen, jeder mit einem äußerst zufriedenen Grinsen auf dem Gesicht. Anja zog ihre Mittlere auf ihren Schoß. „Na, was habt ihr da denn gerade ausgeheckt?" Leonie beugte sich zurück und flüsterte ihrer Mutter ins Ohr. „Ich habe keine Ahnung, aber das gibt wohl eine Überraschung für Tante Finja." Später am Abend, als sie gerade den Nachtisch verspeist hatten, den Mathilda zubereitet hatte, stand Doro völlig unvermittelt auf. Sie nickte Georg zu, der ging nach hinten zum CD-Player und drückte auf START. Gleichzeitig öffnete er den Karton, und zwei Herzluftballons suchten sich ihren

Weg ins Freie. Er entnahm dem Karton eine Konfetti - Kanone, dazu erklang „Regenbogenfarben" von Kerstin Ott und Doro fiel vor Finja auf die Knie. Jeder am Tisch hielt den Atem an, damit hatte niemand gerechnet. Finja bekam den Mund nicht wirklich zu und sah Doro an wie ein Gespenst. Die hielt eine Schachtel in der Hand, die sie jetzt vor Finja öffnete. Drin befand sich ein Kaugummi – Automaten Ring in den schönsten Regenbogenfarben.

Finja schluchzte auf. „Mein Herz, meine Schönste, meine große Liebe. Du bist die Person, mit der ich den Rest meines Lebens verbringen möchte. Du bist die, die meine Tage heller und meine Träume Wirklich-keit werden lässt. Und ich möchte keinen Tag mehr ohne dich sein. Deshalb frage ich dich hier und heute: Willst du meine Frau werden?

Natürlich dann mit einem RICHTIGEN Ring!" fügte sie zwinkernd hinzu. Man hatte das Gefühl, dass am Tisch niemand mehr atmete, alle starrten Finja gespannt an, bis die endlich laut jubelnd antworte: „JA, JA, JA, natürlich will ich!!!" Sie stand auf und fiel Doro um den Hals. Alle am Tisch klatschten und Greta wischte sich gerührt ein Tränchen von der Wange. Georg schoss die Konfetti-Kanone ab und kam dann mit einer geöffneten Flasche Sekt und Gläsern aus dem Haus und sah sehr zufrieden aus. Doro umarmte ihn. „Danke Schwiegerpapa fürs mithelfen und Komplize sein." Mathilda trat dazu. „DAS war also dein geheimnisvolles Telefonat, du Schuft. Und ich dachte schon wieder, du hättest eine andere." Georg verzog gespielt erschrocken das Gesicht. „Hör mir bloss auf, DU reichst mir vollkommen." Dann küsste er seine Frau, Anja ihren Andreas, Werner seine Greta und Doro ihre frisch Verlobte Finja. Leonie und Lennox sahen sich an und machten Würg-Geräusche und Louisa verschlief den Sammelausflug in die rosarote Welt der Romantik

Ronja hatte dem Schaffner gerade ihren Regional-Pass gezeigt und machte es sich nun bequem für die knapp dreistündige Zugfahrt nach Bilten. Dort würde sie sich einer Führung durch das „House of Läderach" anschließen, wo sie im Anschluss Fragen zum Thema „Chocolatiere" stellen durfte. Sie war reichlich aufgeregt und voller Vorfreude. In der letzten Woche war sie viel unterwegs gewesen. Fast jeden Morgen war sie im See schwimmen, hatte die Aareschlucht durchquert, war die Hängebrücke von Oberried entlanggelaufen, mit dem Schiff zu den Gießbach Fällen gefahren und von dort aus zu Fuß um den See nach Brienz zurückgelaufen. Außerdem war sie ein paarmal in Interlaken gewesen und hatte jedesmal einen Abstecher im „Läderach" gemacht, dem besten Schokoladengeschäfts des Berner Oberlandes. Natürlich wusste sie auch von dem romantischen Antrag Doros an ihre Schwester, die beiden hatten ihr per FaceTime - Anruf davon berichtet. Und Ronja freute sich so sehr für die beiden. Finja war ein völlig anderer Mensch, seit sie mit Doro zusammen war. Abends saß sie auf der Terrasse des Chalets und sah der Sonne zu, wie sie langsam hinter den

Bergen rund um den See versank. Und fühlte sich jedes Mal innerlich ruhig, ausgeglichen und wunderbar entspannt. Jetzt, hier im Zug, war von dieser inneren Ruhe nicht mehr wirklich etwas zu spüren. Sie war fast schon freudig erregt und konnte die Ankunft kaum erwarten. Schon eine Viertelstunde vor der Einfahrt in den Bahnhof stand sie an der Tür und wartete darauf, dass sie sich öffnete. Vom Bahnhof aus nahm sie sich ein Taxi bis ins Werk und wartete dann dort auf die Gruppe, die für die Führung angemeldet war. Fünf Menschen standen schon am Sammelpunkt, als Ronja dazu stieß.

„Entschuldigend Sie bitte, beginnt hier die Führung durchs Werk?" Sie sah fragend in die Runde. Ein junger Mann löste sich aus der Gruppe und trat auf sie zu. Er hatte ein unglaublich sympathisches Lächeln und Ronja lächelte automatisch zurück. Mit schönstem Schweizer Dialekt antwortete er: „Ja, die Führung beginnt ungefähr in 15 Minuten. Ich bin Marco, und mit wem habe ich das Vergnügen?" Ronja wurde verlegen, der junge Mann machte sie leicht nervös und sie wusste eigentlich gar nicht, warum. „Mein Name ist Ronja, ich komme aus Deutschland, bin fast 22 Jahre alt und gelernte Konditorin." (Ja, ganz toll, jetzt verrate ihm noch deine Schuh- und Unterhosengröße und dann weiß er ja gleich alles über dich. Menschenskind, er hat dich lediglich gefragt, wie du heißt.) Ronja schimpfte insgeheim selbst über sich, ihr Gegenüber musterte sie amüsiert. „Schön, dich kennenzulernen, Ronja aus Deutschland. Ich komme aus der Schweiz, wie man wohl unschwer hören kann. Aus Interlaken, ums genauer zu sagen. Falls dir das was sagt." Ronja lachte laut auf (so laut, dass sich die anderen leicht erstaunt zu ihr umdrehten). „Na so ein Zufall aber auch. Ich bin zurzeit auf Urlaub in Brienz. Und Interlaken kenne ich sogar sehr gut." Meine Herren, was hatte der denn für schöne Augen? Irgendwie blau-grün, mit leicht goldenen Sprenkeln. Er war etwas größer als Ronja, leger gekleidet mit Jeans, einem gutsitzenden Hemd (sehr gut-sitzend, wie Ronja mit einem Blick feststellte) und Sneakern. Seine hellbraunen Haare waren kurz geschnitten, lediglich ein paar Strähnen fielen ihm locker in die Stirn und sein Mund schien nichts anderes zu tun, als zu lächeln. Und wie der sie ansah… Warum auch immer, wurde sie gerade unglaublich nervös.

Sie war heilfroh, dass sie sich heute dazu entschlossen hatte, sich richtig hübsch zu machen. Sie trug einen bunten „Desigual"-Rock mit einem passenden Oberteil, die Haare hatte sie locker zu einem seitlichen Zopf geflochten und an den Füßen trug sie halbhohe Römersandalen. Sie hatte sogar extra ein wenig Make-up und Parfum aufgelegt und fühlte sich unter seinem prüfenden, musternden Blick durchaus wohl. Ihm schien zu gefallen, was er sah, denn er wandte den Blick nicht mal dann von ihr ab, als der Guide zu der Gruppe trat und sich der Tross in Bewegung setzte. Nach mehr als zwei Stunden war die Führung beendet und Ronja vollgepackt mit neuen Erkenntnissen und Wissen. Ihre Augen strahlten, was aber nicht nur mit der guten Schweizer Schokolade zu tun hatte, die sie am Ende der Führung verkosten durften. Sie saß mit Marco im firmeneigenen Café, vor sich eine heiße Schokolade mit Sahne und einer exklusiven Auswahl kleiner, sehr feiner Pralinés. Und stellte fest, dass sie gerade glücklicher nicht sein könnte.

„Was verschlägt dich also ins schöne Brienz?" Marco sah sie wieder mit diesem Blick an, der die vor ihr stehende Schokolade hätte zum schmelzen bringen können. Ronja verrührte gerade den letzten Rest Sahne in ihrem Getränk und leckte den Löffel ab. Genießerisch schloss sie die Augen. „Hmmm, das ist so dermaßen gut. Ich bin, wie gesagt, gelernte Konditorin, möchte mich aber in naher Zukunft auf Schokolade spezialisieren. Und da sich dafür kein Land besser anbietet, als die Schweiz und meine Tante und mein Onkel am Brienzersee ein Chalet haben, hat sich das geradezu angeboten. Ich bin jetzt die zweite Woche hier und werde noch zwei Wochen bleiben. Und du? Was bringt einen jungen Mann dazu, eine Führung durch eine Schokoladen-Fabrik zu unternehmen?" Sie blitzte in mit ihren blauen Augen an. Marco lehnte sich zurück und lächelte. „Ich bin hier, um mir ein paar Inspirationen zu holen. Ich bin immer auf der Suche nach neuen Ideen." Er versuchte, das Gespräch in eine andere Richtung zu lenken und fragte: „Wie bist du eigentlich hierhergekommen? Hast du ein Auto dabei?" Ronja lachte. „Nein, dann hätte ich den alten Mercedes meines Onkels reanimieren müssen. Ich habe mich bequem in den Zug gesetzt und mich hierher chauffieren lassen." Marco nahm einen

Schluck Kaffee und sah Ronja über den Rand seiner Tasse hinweg an. „Und möchte Mademoiselle sich eventuell auch wieder ganz bequem zurück chauffieren lassen? Ich könnte dir einen Platz in meinem Auto anbieten und dich ohne Umwege wieder nach Brienz bringen. Natürlich nur, wenn du dich zu einem fremden Mann ins Auto setzen würdest." Marco zwinkerte schelmisch und Ronja dachte augenblicklich an ihre Mutter. Sie sah sie mit erhobenem Zeigefinger in der Küche stehen und „Tu das nicht!" flüstern. Außerdem hörte sie sie sagen: „Kind, du weißt doch überhaupt nichts von diesem Menschen. Das könnte ein verkappter Serienkiller sein, ein Vergewaltiger oder sonst irgendein Psychopath. Nimm dich in Acht!" Ronja schüttelte sich leicht, nahm dann wieder ihre gewohnt lockere Haltung ein und zwinkerte Marco an.

„Überaus gerne der Herr. Wenn du mir vorher noch verrätst, wie alt du bist und wie du vollständig heißt? Ich möchte das gerne meiner Mutter zukommen lassen, damit sie später die Fahndung nach dir einleiten kann, falls mir was passiert." Marco stutzte erst, dann musste er schallend lachen. „Du hast recht, welche

Schmach, dass ich das bisher versäumt habe. Also…" Er stand auf und schlug im stehen die Hacken aneinander. „Mein vollständiger Name lautet Marco Loris Gasser, ich bin im Juli 26 Jahre alt geworden, ledig, habe noch zwei ältere Brüder namens Lauren und Vitus und mein Vater betreibt ein kleines Familien- unternehmen in Interlaken. Meine Mutter ist vor fünf Jahren an Krebs verstorben. Ich rauche ab und zu, trinke in erträglichen Maßen und bin ansonsten absolut Vor- strafenfrei. Wenn du mich jetzt kurz entschuldigen würdest dann würde ich die Herrentoilette aufsuchen, um nach der aktuellen Größe meiner Unterwäsche zu sehen." Er deutete eine kleine Verbeugung an und wollte sich gerade auf den Weg Richtung Waschraum machen, als Ronja „Stopp" rief. Ihr war der Mund offen stehen geblieben bei Marcos Aufzähl- ungen, und jetzt hatte sie Tränen in den Augen vor lachen. „Setz dich wieder hin, Jesses." Marco tat, wie ihm geheißen. „Gut, ich wäre somit ausreichend informiert und würde sehr gerne die Rückreise mit euch antreten, edler Herr von reinem Gemüt. Und das mit deiner Mutter tut mir sehr leid."

Marco war fasziniert von dieser jungen Frau, die zum einen fabelhaft aussah und zum anderen noch einen Humor besaß, der seinem gleich kam. Das hatte er bisher noch nicht oft erlebt. Beim genaueren darüber Nachdenken eigentlich noch nie. Die Frauen, die er bisher gedatet hatte, waren fast allesamt immer etwas zu kindisch gewesen, oder fanden seinen Humor schlichtweg primitiv und doof. Bei Ronja war das anders. Wenn er sie ansah spürte er sein Herz hüpfen und ihr helles Lachen brachte die schlafenden Schmetterlinge in seiner Magengrube seit langem mal wieder zum tanzen. Er zitierte die Kellnerin herbei und zahlte. Ronja hatte er eingeladen. Beide machten sich auf den Weg zu dem riesigen Parkplatz, der sich vor dem Gebäude befand. Ronja hatte sich schon die ganze Zeit überlegt, was für ein Auto Marco wohl fahren würde und hatte auf ein schnittiges Sportcoupe getippt. Als Marco aber auf ein Auto zulief, das vom Format locker in ihre Handtasche gepasst hätte, musste sie schon wieder laut lachen. „Dein Ernst? Du möchtest mich auf den Arm nehmen, oder?" Sie vermutete, dass Marco sich mal wieder einer seiner Scherze mit ihr erlaubte. Obwohl das Auto ja wirklich unglaublich süß aussah.

Dunkelrot, mit kugelrunden Scheinwerfern und insgesamt sehr kompakt. Sie las im Vorbeilaufen noch auf dem Heck die Namen „Urs" und „Seat 600" und wäre dann beinahe mit Marco zusammengestoßen, der an der Beifahrerseite stehen geblieben war. „Bereit, die Kutsche zu besteigen mein wertes Fräulein?" Er zückte einen Schlüssel und schloss die Autotür auf. „Ohhhh." Ronja war völlig entzückt und auf der Stelle verliebt in dieses kleine Wägelchen. „Das ist WIRKLICH deiner? Der ist ja sowas von süß!" Marco hielt ihr die Beifahrertür auf und ließ sie einsteigen. Dann beugte er sich vor zu ihr und flüsterte: „Pst, nenn ihn bitte nicht „süß", das hört er gar nicht gerne. Vielleicht könntest du im Laufe der Fahrt mal so ganz nebenbei das Wort „rassig" oder „geiler Flitzer" fallen lassen. Bei sowas wächst er über sich hinaus." Ronja war noch damit beschäftigt, nicht zu hyperventilieren.

Marco war ihr gerade so nahegekommen, dass sie sein After Shave hatte riechen können. Und prompt wurde es in ihr ziemlich unruhig. Als er neben ihr auf dem Fahrersitz Platz genommen hatte strahlte sie ihn an. Etwas mehr, als sie eigentlich beabsichtigt hatte. „Natürlich werde ich Urs während der Fahrt ausgiebig loben. So heißt er doch, oder?" Sie strich beinahe liebevoll über das Armaturenbrett und Marcos Schmetterlinge vermehrten sich gerade rasant. „Ja, das ist Urs.

Meine Mutter hatte ihn so getauft, es war früher ihr Auto. Und jetzt hege und pflege ich ihn wie meinen Augapfel. Er wird dich sicher und gemütlich wieder zurück nach Brienz bringen. Das verspreche ich dir!"

„Wann wird denn jetzt eigentlich geheiratet?" Mathilda saß seit langem mal wieder mit Finja zusammen in der heimischen Küche und ratschte. Sie hatte Kuchen gebacken und Kaffee gekocht und genoss diese kleine Auszeit mit einer ihrer Töchter gerade sehr. Auch, wenn sie sich vor ein paar Jahren noch nicht hätte vorstellen können, dass eine von ihnen mal eine Frau heiraten würde. Aber sie war mit Finjas Wahl absolut einverstanden. Doro war eine großartige junge Frau, immer freundlich, strebsam und familiär. Sie hatte sich, genau wie Andreas, wunderbar in die Familie eingefügt. Mathilda war nun gespannt, wen Ronja irgendwann anschleppen würde. Finja schnappte sich noch ein Stück Kuchen. „Wahrscheinlich erst im nächsten Jahr. Ich habe dieses Jahr noch einige Engagements und kann mir da schlecht was freischaufeln. Doro weiß das ja Gott sei Dank und es ist für sie kein Problem. Uns geht es ja auch jetzt eher mal darum, zu wissen, dass wir uns einander versprochen haben. Wie gefällt es Ronja denn bisher im Land der Eidgenossen?" Mathilda goss die beiden Kaffeetassen nochmal voll und griff nach ihrem Handy. „Es geht ihr offenbar glänzend. Sie hat mir schon jede Menge Bilder geschickt, schau mal. Heute ist sie ja in dieser Manufaktur, da wird sie heute Abend bestimmt einiges zu erzählen haben." Gemeinsam beugten sie sich über Mathildas Handy und sahen sich die Bilder an, die Ronja die letzten Tage geschickt hatte. „Die geht echt ihren Weg, dass hätte ich vor etwas über drei Jahren noch nicht wirklich gedacht." Mathilda setzte ihre Lesebrille ab und seufzte. Finja lehnte sich zufrieden zurück. „Aber Mama, bisher ist doch noch aus jedem deiner Kinder etwas geworden, oder? Aus der einen halt früher, aus der anderen eben später. Und noch ist Ronja ja wahrlich jung genug, um noch ganz viel aus ihrem Leben zu machen. Ich bin auch mal sehr gespannt, was aus unserem Nesthäkchen noch so wird. Ich muss so in einer Stunde wieder los, Doro möchte heute Abend für uns kochen, da habe ich versprochen, noch vorher einzukaufen. Ihr müsst unbedingt mal wieder zu uns kommen, wir renovieren gerade das Studio und das Wohnzimmer haben wir auch um-gestaltet. Und Doro kann wirklich gut kochen, wie du ja weißt." Mathilda freute sich. „Ach, gerne mein Schätzchen. Sag mir einfach Bescheid, wann es bei euch passt.

Dein Vater und ich sind da ja eher flexibel."
Am späten Nachmittag verabschiedete sich Finja und Mathilda freute sich auf das abendliche Telefonat mit Ronja.

Ronja saß mit einem Glas „Hugo" auf der Terrasse des Chalets und starrte auf den See. Gerade hatte sie das abendliche Telefonat mit ihrer Mutter beendet. Die Sonne kratzte schon an den Bergen, bald würde sie ganz untergehen. Aber für diese Schönheit hatte sie heute keinen Blick, ihre Gedanken waren völlig woanders. Nämlich bei einem sehr netten jungen Schweizer. Die über dreistündige Rückfahrt von der Schokoladenmanufaktur „House of Läderach" war äußerst kurzweilig gewesen. Sie hatten kaum Gesprächspausen und wieder zurück in Brienz hatte Ronja das Gefühl, sie würden sich schon ewig kennen. Sie hatten sich über Gott und die Welt unterhalten, über ihre Familien, ihre Freunde, ihre Hobbys, Vorlieben und Abneigungen. Das Einzige, was sie bisher noch nicht wirklich von ihm wusste war, was er im Geschäft seines Vaters für eine Funktion hatte. Und was das eigentlich für ein Geschäft war.

Ronja hatte das Gefühl, noch nie jemandem so nahe gewesen zu sein, ohne ihn auch nur ein einziges Mal berührt zu haben. Nicht nur, dass dieser Mann nahezu unverschämt gut aussah, nein, er war zudem auch noch unglaublich charmant, sehr familiär und hatte einen ziemlich schrägen Humor. Alles in allem also eigentlich ein absoluter Traummann. Da gab es nur einen Haken: Er lebte über 400 Kilometer weit weg von ihr. Ronja drehte gedankenverloren ihr Glas hin und her. Natürlich war es auch absoluter Blödsinn, sich jetzt darüber Gedanken zu machen, wie oft sie sich in Zukunft sehen würden können. Immerhin kannten sie sich erst ein paar Stunden, und man wusste ja schließlich gar nicht, ob es da überhaupt eine Art von Zukunft geben würde. Er wollte sie aber in ungefähr einer Stunde wieder abholen, sie hatten sich zum Essen verabredet. Ronja hatte sich hübsch gemacht, trug ein sommerliches Kleid mit weit schwingendem Rock, die Haare offen und war sorgfältig geschminkt. Und hatte Herzklopfen bis zu den Haarspitzen. Sie schrieb Thomas an, den Sohn von Gitti und Horst, ihrer beider Chefs. Er war über die letzten drei Jahre ihrer Ausbildung hinweg zu einem ihrer besten Freunde geworden und neben Lena einer ihrer engsten Vertrauten. „Na altes Haus, wie läufts so ganz ohne mich?" Erstmal schön unverfänglich bleiben, noch überlegte sie, ob sie Thomas überhaupt von Marco erzählen sollte. Der würde in ungefähr einer Dreiviertelstunde da sein, also immer noch Zeit genug, ihres pochenden Herzens wieder Herr zu werden. Das „pling" ihres Handys riss sie aus ihren Gedanken. Thomas hatte geantwortet. „Hallo Süße. Hier isses ganz schön ruhig ohne dich. Wird Zeit, dass du uns wieder mit deiner Anwesenheit beehrst. Sind die Eidgenossen lieb zu dir? Ansonsten komme ich und schieße jeden einzelnen in guter alter „Wilhelm Tell"-Manier über den Haufen!" Ronja musste kichern. Thomas war schon immer ein ziemlich großer Verehrer von ihr, das wusste sie. Und ER wusste, dass er so überhaupt nicht ihr Typ war. Er war groß und sehr kräftig, hatte für sein Alter schon leicht schütteres Haar und einen Kleidungsstil, der jeder Beschreibung trotzte. Aber er war eine Seele von Mensch, und würde alles dafür tun, dass es Ronja gut ging. Sie antwortete: „Mach dir keine Gedanken, die Schweizer sind echt alle super nett" (besonders einer, fügte sie in Gedanken noch hinzu) „Ich habe hier schon einiges an Ideen aufgeschnappt und freue mich schon darauf, sie daheim umsetzen zu können. Grüß mir die Heimat, in spätestens drei Wochen sehen wir uns wieder!" Sie hängte ein „Küsschen"-Emoji an den letzten Satz. Sie hatte sich dazu entschlossen, Thomas erstmal nichts von Marco zu erzählen. Sie wusste, sie würde ihn damit eher unruhig machen, und noch wusste sie ja selbst nicht, wo das alles noch hinführte. Also schenkte sie sich lieber noch einen Schluck „Hugo" ein und genoss das prickelnde Gefühl der Vorfreude auf Marco.

„Das war einer der schönsten Abende, die ich seit langem hatte." Marco prostete Ronja mit seinem Bierglas zu und sah ihr tief in die Augen. Sie saßen im Restaurant „Löwen" auf der Terrasse direkt am Ufer des Brienzersees. Es war noch warm draußen, die Laternen entlang der Seepromenade verströmten ein angenehmes Licht und sie hatten wunderbar zu Abend gegessen. Ronja fühlte sich beschwingt und leicht, und konnte den Blick nicht von Marco abwenden. Der hatte gerade über den Tisch hinweg ihre Hand genommen und streichelte nun sanft mit dem Daumen über ihre Handoberfläche. Ronjas Herz schlug wie wild und sie getraute sich kaum noch, sich zu bewegen. „Wie wäre es mit einem kleinen Spaziergang am See entlang?" Während Marco ihr diesen Vorschlag unterbreitete winkte er nach dem Kellner. „Du bist natürlich eingeladen." Er strahlte jungenhaft. Ronja lächelte ihn an. „Danke, das ist aber lieb. Ich geh mir mal noch schnell die Nase pudern, dann können wir." Sie entzog ihm nur wider-willig ihre Hand und machte sich auf die Suche nach der Toilette. Beim Händewaschen besah sie sich im Spiegel. Ihre Augen glänzten und ihre Wangen hatten einen leichten rosafarbenen Ton.

Sie legte beide Hände auf ihre Backen und strahlte und ihr Spiegelbild strahlte zurück. „Na, damit hatten wir beide wohl jetzt nicht gerechnet." Dann verließ sie leise kopfschüttelnd den Waschraum.

Marco wartete schon am Ufer auf sie und strahlte, als er sie auf sich zukommen sah.

„Was für eine Frau", dachte er sich. „Ich glaube, DIE sollte ich gut festhalten, sowas läuft einem ja wahrlich nicht alle Tage über den Weg." Wie selbstverständlich nahm er wieder ihre Hand und beide gingen stillschweigend am Seeufer entlang. Wobei Ronja mehr schwebte, als das sie lief. Immer wieder warf sie verstohlen einen Blick rüber zu Marco und musste jedes Mal grinsen. Sie konnte nicht wirklich glauben, dass sie hier gerade mit einem sehr attraktiven Schweizer einen romantischen Spaziergang machte. Bis gestern hätte sie im Traum nicht einmal daran gedacht. Und jetzt fühlte sie sich, als würden sie beide sich schon ewig kennen und es wäre das Natürlichste auf der Welt, hier Hand in Hand zusammen am See zu flanieren. An einer Bank hielten sie an und Marco deutete ihr an, sich zu setzen. Er zauberte zwei Piccolo aus seiner Tasche, öffnete beide und überreichte eine Flasche Ronja. „Auf eine fantastische Frau und einen perfekten Abend." Wieder sah er ihr tief in die Augen und prostete ihr zu. Ronjas Herz schlug Kapriolen und in ihrem Magen tanzten alle neu erwachten Schmetterlinge Samba. Vor ihren Augen flimmerte es, als Marco ihr mit seinem Gesicht ganz nah kam und ihr ins Ohr flüsterte: „Ich weiß, dass klingt jetzt völlig verrückt, aber ich glaube ich habe mich unsterblich in dich verliebt." Er strich ihr sanft ein eine Haarsträhne hinters Ohr und fuhr ihr mit den Fingerspitzen über die Wangen. Dann nahm er ihr Gesicht in beide Hände, zog sie zu sich und küsste sie ganz sanft und zärtlich auf den Mund.

In Ronja explodierte ein wahres Feuerwerk, sie hörte unwillkürlich auf zu atmen und spürte nur noch ihren Herzschlag und Marcos sanfte Lippen auf ihren. Nach einer gefühlten Ewigkeit ließ er sie wieder los und sah ihr in die Augen. Seine Stimme klang rau. „Es tut mir leid, falls ich dich jetzt damit etwas überfallen habe. Aber ich wollte dich schon küssen, nachdem ich dich erst ein paar Minuten kannte. Du bist eine unglaubliche Frau. Schön, klug, witzig und charmant. Mit dir könnte ich mir alles vorstellen. Auch wenn das jetzt nach einem Tag völlig absurd klingt. Ich würde dich am liebsten nie wieder los-lassen."

Atemlos hatte Ronja seinen Worten gelauscht. Was passierte denn hier gerade? Sie war drauf und dran, sich mit Haut und Haaren zu verlieben und kannte sich selbst nicht mehr. Sie starrte Marco nur an, mit großen Augen, völlig leerem Kopf und übervollem Herzen. „Ronja, alles okay?

Habe ich etwas falsch gemacht? Ich weiß, ich hätte dich vielleicht nicht küssen sollen und meine Worte waren jetzt wahrscheinlich auch eher… Ronja zog Marco zu sich. „Sei einfach still!" Als ihre Lippen und Zungen sich berührten vergaßen beide die Welt um sich herum. Erst als beide völlig atemlos waren ließen sie voneinander und schauten sich an. Ronja strahlte glückselig und schmiegte sich in Marcos Arme.

„Wer hätte gedacht, dass die Schweiz noch so viel mehr Süßes zu bieten hat, außer Schokolade." Marco streichelte ihr über den Arm und legte seinen Kopf auf ihren. „Ich wollte dich wirklich nicht so überrumpeln, aber du lässt einem ja fast keine andere Wahl. Wie kann man denn nur so unglaublich sein?" Ronja stupste ihn an. „Stimmt, für einen Schweizer warst du ja jetzt fast schon besorgniserregend schnell." Marco richtete sich auf und nahm sie an den Schultern. „He sag mal, kaum küsst man dich wirst du frech oder was? Wird das jetzt immer so sein?" Ronja zuckte fröhlich lachend mit den Schultern.

„Probiers aus, du hast es ja nicht anders gewollt." Marco seufzte und rollte ergeben mit den Augen. „Na dann habe ich ja eine

strahlende Zukunft vor mir." Dann wurde
er wieder ernst. „Auch wenn das absolut
verrückt klingt: Aber genau DAS würde
ich mir gerade wünschen!"

Am nächsten Morgen wurde Ronja
durch das Klingeln ihres Handys
geweckt. Sie richtete sich auf und rieb sich
die Augen. Kurz musste sie sich
orientieren, dann fiel ihr die letzte Nacht
wieder ein. Sie drehte den Kopf zur Seite,
sah Marco noch selig schlafen und lächelte.
Mein Gott, was war das für eine Nacht
gewesen. Noch bevor sie sich in Gedanken
daran verlieren konnte brachte sie das
erneute Klingeln etwas unsanft wieder
zurück in die Realität. Etwas unwirsch
nahm sie ab, ohne vorher aufs Display zu
sehen. „Ja, was ist denn?" grummelte sie in
den Hörer. „Da hat aber jemand glänzende
Laune. Hast du noch nicht genügend
Schokolade abbekommen oder sind dir die
Schweizer zu stoffelig?" Lenas helle,
fröhliche Stimme ließ Ronja mit einem
Schlag hellwach werden. Sie schnappte
sich Marcos T-Shirt und schlich leise
hinaus auf den Balkon.

Dort flüsterte sie ein schnelles „Warte mal" ins Telefon, schlüpfte in das T-Shirt, schloss leise die Tür hinter sich und ließ sich dann aufatmend in einen der bequemen Stühle fallen. „So, jetzt. Schön dich zu hören Liebelein. Wie geht es dir? Was macht das WG-Leben und dein Studium?" Lena war nun schon fast ein Jahr in einer Studenten-WG in Darmstadt und studierte dort Medizin. Sie und Ronja waren von Kindesbeinen an die besten Freundinnen und wussten alles praktisch alles voneinander. Sie hatten sich nun aber schon seit längerem nicht mehr gehört, geschweige denn gesehen. Geschrieben hatten sie allerdings regelmäßig miteinander, jede wusste von der anderen immer, wie es ihr ging. „Was war das denn jetzt bitte schön? Warum warst du denn gerade erst noch so leise? Habe ich dich bei irgendetwas gestört?" Ronja legte die Beine auf den Tisch und wackelte mit den Zehen. „Nein, du hast mich bei nichts gestört, jedenfalls gerade nicht.

Heute Nacht hättest du allerdings sehr wohl gestört." Sie grinste breit und stellte sich gerade Lenas Gesicht vor. Die quickte prompt: „WAAAAS?? Das ist doch nicht dein Ernst. Erzähl, und ich will alle Details, auch die schmutzigen." Ronja lehnte sich zurück und schloss genießerisch die Augen. Vor ihren Augen ließ sie die vergangene Nacht nochmal Revue passieren und spürte sofort wieder ein angenehmes Ziehen in der Magengegend. Marco war ein unglaublich zärtlicher und leidenschaftlicher Mann, in seinen Armen vergaß sie sich völlig. Sie spürte noch seinen erregten Atem auf ihrer Haut und seine heißen Küsse auf ihrem Körper. Sie versuchte Lena das Gefühl zu übermitteln, das sie für und bei Marco verspürte, merkte aber schnell, dass sie sich schwertat, dass alles in Worte zu packen. „Gott Lena, du solltest ihn sehen. Er sieht ein bisschen aus wie eine Mischung zwischen Paul Walker und Elyas M´Barek, hat einen unglaublichen Körper und riecht fantastisch. Ich könnte Stunden damit verbringen, ihn nur anzusehen und ihm zuzuhören. Er ist intelligent, humorvoll und verdammt sexy." Ronja geriet völlig haltlos ins Schwärmen, Lena musste am anderen Ende der Leitung breit grinsen. So derart enthusiastisch kannte sie Ronja eigentlich nicht, wenn es um Männer ging. Seit dem Fiasko mit Nico vor drei Jahren, der sie nach Strich und Faden verarscht hatte,

hatte Ronja keinen Mann mehr an sich dran gelassen. Außer einem kleinen Flirt hier und da war nicht wirklich viel gewesen. Sie hatte sich lieber völlig auf ihre Ausbildung konzentriert. Umso mehr freute sich Lena jetzt, ihre Freundin so glücklich zu erleben. „Also weißt du, da lässt man dich einmal ein paar Wochen allein, schon stellst du deine ganze Welt auf den Kopf." Ronja strahlte immer noch, man hörte es an ihrer Stimme, als sie antwortete:" Nicht ICH habe meine Welt auf den Kopf gestellt, sondern er. Wie geht es dir? Was macht dein Oberarzt? Und was verschafft mir eigentlich die Ehre deines dann doch sehr frühen Anrufes?" Ronja schaute auf die Uhr, es war gerade einmal viertel nach acht. „Mir geht es sehr gut, in der letzten Zeit ist in der Klinik ziemlich viel zu tun. Patrick geht es auch gut, wir wollten zum Ende des Jahres mal eine Woche zusammen in den Urlaub. Mal schauen, wie wir mit unseren Diensten hinkommen." Lena war jetzt seit fast einem Jahr mit Patrick zusammen, einem Oberarzt im Städtischen Klinikum, in der sie als „Ärztin im Studium" arbeitete. Ronja kannte Patrick noch nicht, sie wusste nur anhand Lenas Erzählungen schon ziemlich viel über ihn. Er schien ein sehr anständiger und ehrlicher Mann zu sein und Lena war offensichtlich glücklich mit ihm. „Der Grund meines Anrufes ist, dass ich nächste Woche ein paar Tage frei habe, und diese ganz spontan mit dir verbringen wollte. Ich wäre also zu dir in die Schweiz gekommen. Aber wenn ich das jetzt so höre, warte ich doch lieber, bis du wieder daheim bist. Schließlich will ich dem jungen Glück ja nicht auf den Keks gehen." Ronja brauchte gar nicht lange zu überlegen. „Spinnst du? Du gehst überhaupt niemandem auf den Keks. Ich würde mich irrsinnig freuen. Dann lernst du Marco auch gleich persönlich kennen, das ist perfekt. Wann wärst du denn dann bei mir?" Sie telefonierten noch ein Weilchen, dann legte Ronja auf und streckte sich glücklich. Das Leben konnte so schön sein. Sie trat vor an die Balkonbrüstung und blickte über den See. Bis Marco völlig unvermittelt hinter sie trat und seine Arme um sie legte. „Guten morgen Schönheit. Hast du gut geschlafen?" Sie lehnte sich an ihn und schloss die Augen. „Ich habe wunderbar geschlafen, das war absolut traumhaft gestern." Sie drehte sich zu ihm um und sah an ihm herunter. Er trug lediglich ein paar Shorts, der Rest an ihm war unbekleidet. Kunststück, schließlich hatte sie ja auch sein T-Shirt an. Eigentlich war es noch recht frisch so früh am Morgen, und sie hatte beim Telefonieren auch immer wieder Gänsehaut gehabt. Jetzt, als er aber so vor ihr stand, war ihr sofort wieder ziemlich heiß und sie warf ihm einen begehrlichen Blick zu, den er augenblicklich erwiderte. „Was machst du denn hier draußen im Kalten? Möchtest du nicht lieber wieder mit mir zurück ins schöne warme Bett?" Er legte den Kopf leicht schief und fuhr ihr mit den Fingerspitzen über ihre Arme und das Gesicht. Sofort bekam sie wieder Gänsehaut, dieses Mal allerdings nicht von der Kälte. „Ich habe mit meiner Freundin telefoniert, die kommt mich nächste Woche für ein paar Tage besuchen. Aber ich wäre jetzt sowieso wieder zu dir reingekommen, du sahst so verführerisch aus, wie du da so völlig unbekleidet rum lagst." Sie fuhr ihm durch die Haare und zog ihn zu sich. Als ihre Lippen sich erneut trafen wusste sie, dass das mit dem Frühstück wohl noch ein Weilchen dauern würde.

„Sweeti, könntest du mir vielleicht mal noch den Eimer und die Farbrolle runterbringen bitte?" Doro rief durchs Treppenhaus nach Finja. Sie hatte beschlossen, ihrem Nagelstudio einen neuen Look zu verpassen. Sie hatte sich damals für ein sattes Grasgrün entschieden, das passte aber mittlerweile weder zu ihrer Kundschaft, noch zu ihrem Geschäftskonzept. Wo sie ganz zu Anfang noch ziemlich flippig rüberkommen wollte und dementsprechend auch ihre Kundschaft war, war sie mittlerweile zu einem edleren Design übergangen.

Sie hatte einen anspruchsvollen Kundenstamm und wollte nun endgültig weg von diesem „China-Nagelstudio"-Image. Dank ihrer hervorragenden Arbeit hatte sie einen wirklich guten Ruf und sich damit ein schönes finanzielles Polster erarbeitet. Natürlich hätte ihr Finja auch unter die Arme gegriffen und sie unterstützt, aber dafür wäre Doro viel zu stolz gewesen. Sie stand schon immer auf ihren eigenen Füßen und wollte auf niemanden angewiesen sein. Sie freute sich aber sehr, dass Finja ihr nun beim Streichen helfen wollte. Die kam nun die Treppe herunter, mit einem großen Eimer Farbe, einer Tüte voller Farbroller und Pinsel und einem Zeitungsschiffchen auf dem Kopf. „Ich bin bereit, kann losgehen." Doro grinste. Sie liebte Finja für ihre Spontanität und die Eigenschaft, jeden mitreißen zu können. Sie öffnete den Eimer und suchte sich etwas zum umrühren. „Uhh, was ist das denn?" Finja sah nun die Farbe zum ersten Mal und war auf Anhieb hellauf begeistert. „Das nennt sich Glitzergrau, damit streichen wir die beiden Wände im vorderen Bereich. Die Wand hinter dem Tresen wird bordeauxrot und die links davon bekommt eine Mustertapete. Hinten, im Studiobereich werden die gegenüberliegenden Wände blaugrün, eine Wand wird hellgrau und die andere bekommt diese Tapete hier." Doro holte eine Rolle von der Ablage und zog sie ein wenig auseinander. Sie hatte ein großflächiges Rautenmuster mit grauen, hellbraunen und türkisenen Flächen. „Die Tapete nehmen wir auch für die eine Wand draußen im Empfangsbereich." Doro lächelte zufrieden und Finja war schwer beeindruckt. „Wow, da hast du die aber ein echt mega tolles Farbkonzept erarbeitet. Das wird mit Sicherheit spitze aussehen." Sie drückte Doro einen Kuss auf die Lippen. Die schnappte sich den

zweiten Zeitungshut, den Finja mitgebracht hatte, und fing an, die Farbe um-
zurühren. „Ich hoffe es zumindest mal, das
wird sich ja die nächsten Tage zeigen.
Wann kommen deine Eltern?" Finja sah auf
den Kalender an der Wand. Es war
Mittwoch. „Soweit ich weiß am Samstag.
Mama wollte mir aber nochmal Bescheid
geben, weil sie nicht wusste, ob Papa nicht
irgendetwas mit Roland geplant hat." Doro
war mittlerweile fertig mit rühren und
stellte ein Abstreifgitter in den Eimer.
„Also dann, wenn wir dran bleiben werden
wir mit Sicherheit bis dahin fertig. Was
möchtest du lieber machen? Streichen oder
tapezieren?" Finja blinzelte ihr neckisch zu.
„Also wenn du mich SO fragst…"
Sie nahm Doro in den Arm und küsste sie
zärtlich. Die machte sich lachend los. „Das
verschieben wir auf später Frau Blomen.
Erst die Arbeit, dann das Vergnügen."
Finja murrte und schnappte sich das
Tapetenmesser. „Ich wäre aber mit ein
wenig Vorschuss erheblich motivierter."
Doro gab ihr einen Klaps auf den Hintern
und meinte dann: „Das muss für den
Anfang reichen, den Rest gibt es nach
getaner Arbeit. Ich habe uns auch eine
schöne Flasche Wein für heute Abend

kaltgestellt und werde uns was vom Chinesen holen." Finja krempelte die Ärmel hoch. „Na gut, überredet. Dann lass uns mal aus dieser „Villa Kunterbunt" ein ernstzunehmendes Nagelstudio machen."

Ronja und Marco schwebten im siebten Himmel. Seit sie die Nacht miteinander verbracht hatten waren sie fast unzertrennlich. Sie waren an dem Tag gemeinsam auf die „Kleine Scheidegg" gefahren und hatten am Fuße der Eigernordwand einen Kaffee getrunken. Bei der Gelegenheit fiel Ronja dann ein, dass sie eines immer noch nicht wirklich von Marco wusste. „Sag mal, was genau arbeitest du denn jetzt eigentlich? Ich weiß ja bisher nur, dass du im Geschäft deines Vaters mitarbeitest. Aber was genau ihr da macht weiß ich immer noch nicht." Marco nahm einen Schluck Kaffee und schaute sie verliebt an. Diesen Blick liebte Ronja an ihm, sie hatte in diesem Moment das Gefühl, für ihn der wichtigste und schönste Mensch der Welt zu sein. „Du möchtest also wissen, womit ich mein Geld verdiene? Nun, sagen wir mal so: Ich bin

Einkäufer, Innovator und Produktester. Um dir das genauer zu erklären schlage ich vor, dass wir uns auf den Rückweg machen und nach Interlaken fahren. Ich möchte dir gerne unser Geschäft zeigen und dich meinem Vater vorstellen. Einverstanden?" Damit hatte Ronja jetzt zwar nicht gerechnet, aber sie dachte bei sich: „Was habe ich zu verlieren?" Und die Aussicht, mit Marco diesen Tag verbringen zu können, war nur zu verlockend. Mit ihm wäre sie gerade egal wohin gegangen, und wenn sie dabei gleich noch seine Arbeit und seinen Vater kennenlernen konnte war das doch umso besser. „Also dann, auf nach Interlaken!" Sie hakte sich bei ihm unter und gemeinsam fuhren sie mit der Zahnradbahn zurück nach Grindelwald und von dort aus mit Marcos Auto wieder nach Interlaken. Sie parkten am Bahnhof, was Ronja zunächst leicht irritierte. Dann viel ihr aber ein, dass auf der Hauptstraße in der Innenstadt keine Autos erlaubt waren. Marco nahm sie wie selbstverständlich an die Hand und gemeinsam schlenderten sie durch die belebten Straßen Interlakens, vorbei an ihrer Lieblings - Chocolaterie „Läderach", den vielen Schmuckgeschäften mit den sündhaft teuren Auslagen und an den zahlreichen Souvenir-Läden. Bis Marco völlig unvermittelt vor einem kleinen, sehr schnuckelig aussehenden Geschäft stehenblieb. Über dem Schaufenster schützte eine rot-weiß gestreifte Markise die Auslage. Die bestand aus Pralinen, Bruchschokolade, verschiedenen Tafel - Schokoladen und Kakaos.

Auf dem verschnörkelten Schild über dem Eingang stand in Schönschrift: „Floras Schoggitruhe". Ronja wusste, dass es in Interlaken noch mehr Schokoladenge-schäfte gab, aber das hier war ihr irgendwie noch nie wirklich aufgefallen. Dabei sah es von außen ganz entzückend aus. Rechts neben dem Eingang standen zwei kleine Tische mit jeweils zwei Stühle im Barock - Stil, beide Tische waren jeweils mit Passanten besetzt, die Tassen und Teller voller lecker aussehender Kuchen vor sich hatten. Ronja sah Marco leicht verwirrt an. Der ging allerdings ganz entspannt zum Eingang und hob ihr die Tür auf. Er verbeugte sich galant und ließ sie eintreten. Drinnen blieb Ronja fast der Mund offen stehen vor Staunen. Sie fühlte sich in eine alte Chocolaterie nach Paris versetzt. Sie hatte in ihren mittlerweile unzähligen Büchern über Schokolade immer wieder Bilder davon gesehen und sich geschworen, irgendwann einmal dorthin zufahren, um diese Atmosphäre am eigenen Leib zu erleben. Jetzt, wo sie inmitten dieses verträumten und wunderhübschen Geschäfts stand kamen ihr beinahe die Tränen, so wohl fühlte sie sich auf Anhieb. Als sie sich zum zweiten Mal um ihre eigene Achse drehte stellte sie fest, dass Marco nicht mehr neben ihr stand. Er war weiter nach hinten gelaufen, wo der Verkaufstresen stand, mit einer großen alten Registrierkasse als Blickfang. Er machte den älteren Herren hinter dem Tresen auf sich aufmerksam. Und der schien sich wahnsinnig zu freuen, ihn zu sehen. Ronja verstand kein Wort von dem, was die beiden miteinander redeten, erstens stand sie dafür zu weit weg und zweitens tat sie sich mit dem Schweizer Dialekt noch etwas schwer. Aber zu ihrem großen Erstaunen kamen beide Männer nun auf sie zu. Sie straffte unwillkürlich die Schultern, als sie den älteren Mann aus der Nähe sah. Er sah aus wie Mario Adorf in seinen besten Zeiten und strahlte eine unglaubliche Würde und Ruhe aus. Gleichzeitig wirkte er so sympathisch und freundlich, dass man ihn am liebsten auf der Stelle umarmt hätte.

„Ronja, darf ich bekannt machen? Das ist Loris, mein Vater. Und das hier ist unsere Chocolaterie. Meine Mutter Flora hat sie vor über 30 Jahre eröffnet, deswegen heißt sie auch „Floras Schoggitruhe". Sie hat Schokolade geliebt, und ich kenne heute noch kaum jemanden, der so kreativ und einfallsreich war wie sie, wenn es darum ging, neue Rezepte und Sorten zu kreieren. Als sie dann verstarb war sofort klar, dass wir drei Männer ihren Traum fortführen würden. Mein Vater kümmert sich nun um den Vertrieb und den Verkauf, mein Bruder Lauren ist gelernter Chocolatier und Vitus Bankkaufmann. Der Lauren stellt die Waren her, die wir hier vertreiben, Vitus kümmert sich um alle geschäftlichen Angelegenheiten und ich bin quasi im Außendienst tätig. Ich führe Gespräche mit großen Betrieben, stelle Kontakte zu neuen Händlern her und bin immer auf der Suche nach neuen Ideen und Innovationen. Gelernt habe ich im Übrigen irgendwann mal Schreiner." Er zwinkerte. „Und das ist Ronja, Papa. Sie kam in unser schönes Land, um mehr über unsere Schokoladenkultur kennenzulernen. Und ein bisschen auch, um Urlaub zu machen natürlich. Sie ist gelernte Konditorin und möchte sich zur Chocolatiere ausbilden lassen. Wie passend, nicht wahr? Außerdem ist sie das bezauberndste Wesen, dass mir je über den Weg gelaufen ist." Jetzt strahlte er so sehr, dass seine weißen Zähne und seine Augen gleichzeitig blitzten. Ronja war weiterhin sprachlos, jetzt sogar noch mehr als vorher. Sie musste das, was Marco ihr da eben unterbreitet hatte, erstmal verdauen. Loris, sein Vater, nahm sie am Arm. „Es freut mich, Sie kennenzulernen. Ich muss mich für meinen Sohn entschuldigen, er hat die große Gabe, immer erstmal mit der Tür ins Haus zu fallen. Ich kann mir denken, dass das gerade ein wenig zu viel Information auf einmal war, richtig?" Ronja nickte. „Na dann kommen Sie mal mit, ich habe da genau das Richtige für Sie."

Er führte Ronja zu einer kleinen, sehr gemütlich wirkenden Sitzecke mit dunkelroten Samtpolstern und einer gehäkelten Spitzendecke auf dem Tisch. „Nehmen Sie Platz, ich werde Ihnen gleich etwas bringen. Marco, könntest du mir kurz helfen bitte?" Marco sah unsicher zu Ronja. Sein Vater schnappte ihm aber am Hemdsärmel und zog ihn mit sich. „Na komm schon. Ich bin mir ziemlich sicher, dass uns deine Freundin nicht gleich wieder davonläuft." Jetzt zwinkerte der alte Herr und hatte in dem Moment die gleichen schelmischen Gesichtszüge wie sein Sohn. Ronja nahm auf dem bequemen Polster Platz und atmete tief durch. Ihr Traummann arbeitete mit Schokolade! Was war das denn bitteschön für ein gigantischer Zufall? Sie sah sich nochmal in aller Ruhe um, der erste Eindruck vorhin samt dem Redeschwall von Marco hatte sie gänzlich überfordert. Das Geschäft war mit einer unglaublichen Liebe zum Detail eingerichtet. Die Tresen und Verkaufsvitrinen waren aus Nussbaum-Holz, ebenso die Regale an zwei Wandseiten. In den gläsernen Auslagen befanden sich edle Pralinen, kleine Petit four, Macarons, Kaffeegebäck, Trüffel und Bruchschokolade. In den Regalen standen verschiedene Kakao- und Kaffeesorten, sowie Schokoladentafeln und abgepackte Ware. Überall hingen große Ölgemälde von Schweizer Landschaften, edel gerahmt.

Auf dem dunklen Holzboden lagen einzelne, kleinere Teppiche, die dem ganzen Raum eine regelrechte Wohnstuben-Atmosphäre gaben. Und es lag ein unglaublich feiner Kakaoduft in der Luft, der sich mit dem Geruch von frisch geröstetem Kaffee mischte, sobald die Servicekraft hinter dem Tresen die Kaffeemaschine bediente. Als Marco in Begleitung seines Vaters zum Tisch zurück kam erinnerte sie sich an ihre gute Erziehung. Sie stand auf und gab Loris die Hand. „Entschuldigen Sie bitte Herr Gasser, ich war vorhin völlig überrumpelt von der ganzen Situation. Es freut mich auch, sie kennen zu lernen. Ich würde ja gerne sagen, Marco hat mir schon viel von Ihnen erzählt, aber leider hat er sich bis jetzt sehr zurück gehalten, was Auskünfte über seine Familie betrifft." Sie sah ihn gespielt vorwurfsvoll an. „Dabei ist das hier alles wirklich großartig."

Ronja schlug begeistert die Hände zusammen und sah sich mit glänzenden Augen erneut um. So etwas war ihr absoluter Traum, eine kleine Chocolaterie, in der sie ihre eigenen Kreationen verkaufen konnte. Loris schmunzelte. „Mein Sohn hat mir auch gerade eben erst ein bisschen was von Ihnen erzählt. Und ich muss sagen, er hat nicht übertrieben. Sie sind wirklich bezaubernd." Ronja errötete leicht und hielt sich die Hände an die Wangen. „Ich habe euch eine Kaffee-Schokoladenspezialität gemacht und ein paar Pralinen und Trüffel zum Probieren dazugelegt, Laurens neueste Kompositionen. Ich bin gespannt, wie sie euch schmecken werden. Mich müsst ihr bitte entschuldigen, ich muss mich noch ein wenig um die anderen Gäste kümmern. Kassieren ist immer noch Chefsache!" Mit einem kleinen Diener verabschiedete er sich und machte sich auf den Weg nach draußen. Ronja sah ihm nach. Dann wandte sie sich an Marco. „Nun zu dir zu Schuft! Wieso hast du denn nicht gleich gesagt, dass du im Schokoladengeschäft tätig bist? Das ist alles so großartig hier, dass mir echt die Spucke wegbleibt. Du entwickelst dich tatsächlich immer mehr zu einem Sechser im Lotto." Sie blinzelte ihm zu und inspizierte dann die Leckereien vor ihrer Nase. Sie nahm einen Trüffel, roch daran und steckte ihn sich dann in den Mund. Genüsslich verdrehte sie die Augen. „Oh mein Gott, das schmeckt unglaublich. Zuerst süß mit einem Hauch von Krokant und Himbeere, dann schmeckt man die feurige Note von Chili und im Kern die fruchtige Note von

Orangen und Mango. Das habe ich in der Kombination noch nie gegessen."

Sie schnappte sich eine kleine Praline vom Teller und biss vorsichtig hinein. Während sie das abgebissene Stückchen langsam lutschte betrachtete sie konzentriert das Innenleben der restlichen Praline.

„Marzipan mit Pistazien und Nougat, eine Art Mozart-Kugel mit einem flüssigen Kern aus Salzkaramell… dein Bruder ist wirklich ein wahrer Meister seines Faches." Marcos Augen waren bei Ronjas „Verkostung" immer größer geworden.

„Du verblüffst mich gerade gewaltig, muss ich zugeben. Deine Geschmacksknospen scheinen ja wirklich besonders ausgeprägt zu sein, dass du die einzelnen Komponenten so herausschmecken kannst.

„Chapeau liebe Ronja, ich bin schwer beeindruckt!" Ronja fühlte sich geschmeichelt und errötete leicht. „Danke, aber Schokolade ist nun mal meine große Passion. Ich beschäftige mich schon sehr lange mit den verschiedensten Sorten, wie man sie am besten herstellt, welche Zutaten miteinander harmonieren und wo man die besten Rohstoffe beziehen kann. Leider mache ich das alles bisher nur in der Theorie. Und außer, dass ich mir hin und wieder ein paar gute Trüffel gönne oder mir von „Läderach" etwas schicken lasse, hatte ich noch keine Gelegenheit mein theoretisches Wissen in die Praxis umzusetzen." Sie sah sich erneut um. „Weißt du, dass genau sowas später mal mein Traum ist? Eine eigene Chocolaterie mit kleinem Café. Ein erholsamer, gemütlicher Rückzugsort für die Menschen von dem stressigen, meist hektischen Alltag. Ihnen die Möglichkeit geben, zur Ruhe zu kommen und meine selbst kreierten Leckereien zu genießen." Während sie Marco von ihren Plänen erzählte begannen ihre Augen zu leuchten und ihr Gesicht strahlte. Er spürte, dass sie voll und ganz in ihrem Element war und sein Herz zog sich augenblicklich zusammen vor lauter Liebe zu einer Frau, die er eigentlich noch gar nicht wirklich kannte. Um sie nicht völlig aus dem Konzept zu bringen, versuchte er, seine Gefühle im Zaum zu halten. Auch wenn es ihm von Minute zu Minute schwerer fiel. „Möchtest du mal einen Blick in unsere Backstube werfen?" Ronja sah ihn erfreut an. „Was für eine Frage. Natürlich, unheimlich gerne, wenn ich darf." Marco nahm sie an der Hand und führte sie in den hinteren Bereich des

Geschäftes. Hier verstärkte sich der Geruch nach Kakao und frisch gebackenem Gebäck und Ronja schloss für einen Moment genießerisch die Augen. Dann stand sie mitten im Allerheiligsten. Ringsum in dem verhältnismäßig großen Raum gab es viele Töpfe, Bleche, vier Öfen, eine Rührmaschine, verschiedene Formen, zwei große Kühlschränke und diverse Gegenstände zum Verstreichen, Verrühren oder Dekorieren. Ronja fühlte sich fast ein wenig wie zuhause bei Gitti in der Backstube. Weiter hinten im Raum werkelte ein Mann und hatte ihnen den Rücken zugekehrt. Offenbar hatte er sie nicht kommen hören, er strich gerade weiße Schokoladenmasse über eine Marmorplatte.

„Ey Lauren, luag e mol."

Der Angesprochene drehte sich um, wischte sich die Hände an der Schürze ab und kam lächelnd auf sie zu. „Darf ich vorstellen, das ist Ronja, eine junge Konditorin aus Deutschland. Und das ist mein Bruder Lauren, unser Schokoladenkünstler." Lauren gab Ronja die Hand und lächelte freundlich. Er war etwas älter als Marco, sah ihm aber ziemlich ähnlich. Außer, dass er dunklere Haare und braune

Augen hatte. Aber in der Größe und der Statur waren sich die Brüder fast gleich. „Freut mich, Ihre Bekanntschaft zu machen. Sie wollen sich also mal einen kleinen Eindruck von der Schweizer Schokoladenkultur machen, sehe ich das richtig? Wie kommen sie aber dann auf unser doch recht kleines Familienunternehmen?" Lauren sah sie interessiert an und fragend an. Ronja grinste ein wenig breiter als sie vorgehabt hatte. Sie wollte Marcos Bruder nicht gleich in der ersten Sekunde ihres Kennenlernens auf die Nase binden, dass sie und sein Bruder sich seit gestern schon näher kannten als sie selbst geglaubt hätte. „Ich bin hier eigentlich nur auf Urlaub in Brienz, wollte mir aber natürlich bei der Gelegenheit ein paar Inspirationen zum Thema Schokolade holen. Ich war gestern in der Manufaktur „House of Läderach" und habe dort auch ihren Bruder kennengelernt. Er war so freundlich und hat mich mit seinem Auto wieder zurück nach Brienz gebracht." („Und dort sind wir dann fast schnurstracks im Bett gelandet", fügte sie in Gedanken noch hinzu.) Lauren schlug seinem Bruder auf die Schulter. „Das hast du genau richtig gemacht, Kleiner. So einen süßen Fang hätte ich mir auch nicht entgehen lassen." Er zwinkerte Ronja neckisch zu. Ronja war das leicht unangenehm, und abwartend sah sie Marco an, wie er darauf reagieren würde. Der aber lachte nur und meinte dann zu Ronja gewandt: „Möchtest du Lauren vielleicht ein wenig über die Schulter sehen? Er macht gerade frische Bruchschokolade, dafür ist unser Geschäft berühmt. Wir verschicken sie mittlerweile in die ganze Welt." Ronja war begeistert. „Oh, wenn ich darf dann sehr gerne." Lauren drückte ihr eine Schürze in die Hand. „Na dann, ich bin Lauren, du kannst „Du" zu mir sagen. Ich habe gerade die Kakaobutter und die Blättchen der weißen Schokolade miteinander vermengt und geschmolzen. Wir verfeinern das Ganze gleich noch mit ein wenig Vanilleextrakt, dann kommt die Zartbitterschokolade, die getrockneten Erdbeeren, die Schokosplits und der Karamellcrunch dazu." Ronja beugte sich fasziniert über die Schüsseln und Bleche. Marco beobachtete sie eine Weile, dann ging er fröhlich pfeifend zurück zu seinem Vater in den Verkaufsraum. „Ein nettes Mädchen diese Ronja. Wo habt ihr euch kennengelernt?" Loris sah seinen Sohn an.

Marco war ein Charmeur, ein kleiner Filou, der Damenwelt immer schon sehr zugeneigt. Aber bisher waren es meistens nur flüchtige Liebschaften, die ein oder andere kurze Beziehung und viele kleine Strohfeuer gewesen. Jetzt spürte der Vater, dass da mehr in seinem Sohn vorging, als er vielleicht selbst erwartet hatte. „Ich habe sie gestern in der Manufaktur getroffen. Und wir waren uns auf Anhieb sympathisch. Dann habe ich sie heimgefahren, wir waren gestern Abend essen und jetzt sind wir hier. Warum fragst du?" Marco war es peinlich, seinem Vater gegenüber zu erwähnen, dass er heute morgen in Ronjas Bett aufgewacht war, also ließ er diesen Teil erstmal aus. „Ach, nur so. Oder vielleicht, weil mir aufgefallen ist, wie verliebt du sie ansiehst. Ich kann es dir nicht verdenken, sie scheint ein großartiges Mädchen zu sein." Er schmunzelte. Marco hob die Augenbrauen und seufzte tief. „Oh ja, das ist sie einfach großartig. Sie ist die Frau, mit der ich mir alles vorstellen könnte. Aber ich will sie nicht überrumpeln. Und schließlich fährt sie ja auch Ende nächster Woche wieder nachhause. Und dann? Wie soll das weitegehen?"

Er verschränkte die Arme über dem Kopf und ließ seinen Blick ziellos durch den Raum schweifen. Loris zuckte mit einer Achsel. „Rede mit ihr, wenn sie dir so wichtig ist. Aber dränge und zwinge sie zu nichts. Du wirst ja merken, ob sie auch etwas für dich empfindet."

In dem Moment kam Ronja mit einem Blech aus der Backstube und strahlte. „Guck mal, was Lauren und ich gemacht haben." Marco raunte seinem Vater noch schnell ein liebevolles „Danke Papa" zu, dann widmete er sich voll und ganz der Frau, die ihn völlig aus der Bahn geworfen hatte.

Finja riss sich ihren Zeitungshut vom Kopf und ließ sich auf einen der neuen Ohren-Sessel fallen, die gerade geliefert worden waren. Sie waren aus bordeaux-rotem Samt und wahnsinnig bequem. Zwei davon sollten vorne in den Eingangs-bereich von Doros Nagelstudio, passend dazu noch ein Sofa, das an die Wand neben dem Tresen kam. Und zwei kamen ins eigentliche Studio. An einer der frisch tapezierten Wände lehnte ein zusammen gerollter Teppich und auf dem neuen grauen Empfangstresen wartete noch einiges an eingepacktem Dekomaterial. Doro haute gerade Nägel in die Wand, um ihre Urkunden und Zertifikate wieder aufhängen zu können. „Mann, bin ich geschafft." Finja nahm einen langen Zug aus der Wasserflasche. Doro hängte die erste Urkunde an die Wand und schaute mit der Wasserwaage nach, ob sie gerade hing. Zufrieden ging sie zu Finja und wuschelte ihr über den Kopf. „Aber dafür haben wir auch wirklich ganze Arbeit geleistet. Das Studio sieht klasse aus. Dank deiner meisterlichen Tapetenkunst wohlgemerkt." Finja streckte Doro die Zunge heraus. Sie hatten beide recht schnell bemerkt, dass Finja nicht wirklich zum Tapezieren geeignet war und Doro hatte ihr schon nach der ersten Bahn freiwillig den Pinsel zum Streichen überlassen. Ab da ging ihnen die Sache flott von der Hand und binnen zwei Tagen hatten sie in denen zwei doch recht bunt zusammengewürfelten Räumen eine edle Wohlfühl-Atmosphäre geschaffen. „Ich mache uns jetzt erstmal einen Kaffee würde ich sagen." Doro hatte sich für ihren Empfangsbereich einen neuen, sündteuren Vollautomaten gegönnt, und den wollte sie jetzt einweihen. „Hast du dir die Gebrauchsanweisung auch richtig durchgelesen?" Finja trat hinter sie und schlang die Arme um Doros Hüften. Die füllte gerade Bohnen in den dafür vorgesehenen Behälter und stellte eine große Tasse unter den Auslaufhahn. „Eigentlich schon, normalerweise erklären sich diese Dinger doch auch von selbst. Was soll also schon groß schief gehen?" Sie drückte auf den grün blinkenden Knopf und beide starrten wie gebannt auf die Öffnung, aus der jetzt dann der Kaffee kommen sollte. Er zischte und gluckerte, dann brodelte und dampfte es und ganz langsam tröpfelte aus dem Auslass eine dicke schwarze Brühe, die Finja ein wenig an Erdöl erinnerte. „Was soll das denn jetzt?" Doro drückte hektisch auf den „Aus"-Knopf und rollte genervt mit den Augen. Die Maschine dampfte immer noch munter vor sich hin, hatte aber offensichtlich nicht im Entferntesten die Absicht, genießbaren Kaffee zu produzieren. Doro drosch auf die Seitenwand der Maschine und fluchte wie ein Rohrspatz. „Jetzt kommt schon du Höllenteil, was ist denn daran so schwer zwei brauchbare Kaffee rauszulassen? Dummes Mistteil! Schweineteuer und jetzt völlig sinnlos.

Ganz super, echt!" Finja schüttelte amüsiert den Kopf. „Glaubst du wirklich, es wird besser, wenn du sie jetzt auch noch beschimpfst? Ich schätze mal, gleich ist sie tödlich beleidigt und gibt völlig ihren Geist auf." Sie zog Doro am Ärmel. „Komm mein Schatz, wir gehen jetzt hoch in die Küche und ich mache uns einen schönen Cappucchino in unserer alten Maschine. Und nach diesem Wunderwerk der Technik hier soll Marcello morgen mal schauen, der kennt sich doch mit sowas eher aus. Ich finde, wir haben jetzt erstmal genug geleistet die letzten zwei Tage. Und bis meine Eltern übermorgen kommen läuft das Maschinchen ja vielleicht sogar schon." Sie drückte Doro einen Kuss auf die Wange und die ließ sich leicht wider-strebend, wenn auch mittlerweile wieder mit einem kleinen Lächeln auf den Lippen, mitziehen.

„Meine Güte, ist das traumhaft schön hier. Hier will ich nie wieder weg!" Lena hatte ihre Tasche im Flur abgestellt, war zu der großen Terrasse gelaufen und bestaunte nun den grandiosen Blick auf den Brienzer See und die Schweizer Berge direkt vor ihrer Nase. Ronja kam gerade mit zwei Eistee in der Hand dazu und stellte sie auf das kleine Tischchen neben den Liegestühlen. „Ich freue mich so sehr, dass du tatsächlich da bist. Endlich haben wir mal wieder ein wenig Zeit für uns." Sie drückte Lena nochmal, sie hatte ihre Freundin schon so lange nicht mehr gesehen und sie schmerzlich vermisst. Die setzte sich in einen der Liegestühle und streckte behaglich die Beine von sich. „Ahhh, herrlich. Komm, erzähl mir mal noch ein bisschen mehr von Marco. Das muss ja ein echter Goldjunge sein, wenn ich das aus deinen bisherigen Erzählungen richtig vernommen habe." Sie legte ihre Hände in den Nacken, schloss die Augen und drehte ihr Gesicht der Sonne zu. Ronja setzte sich ebenfalls und nahm einen großen Schluck Eistee. Es war noch nicht mal Mittag und die Sonne brannte schon erbarmungslos vom Himmel. „Ich weiß gar nicht, wo ich anfangen soll.

Zunächst sieht er natürlich absolut umwerfend aus, was ja wirklich nicht von Nachteil ist. Aber er hat auch einen so unglaublich lieben Charakter, nahezu perfekt. Klar gibt's da bestimmt auch die ein oder andere Macke, aber die hat er bisher gut versteckt. Alles in allem nimmt es mir jedes Mal die Luft zum Atmen, wenn er mir näherkommt. Und ich wünschte, er würde mich nie wieder loslassen. Lena, dieser Mann ist ein absoluter Traum, ich sag's dir. Und sein Vater und der eine Bruder sind auch total nett. Den anderen kenne ich noch nicht. Der ist mit seiner Familie gerade in Urlaub in Italien." Ronja reckte die Arme in die Luft. „Ich bin verliebt bis über beide Ohren und habe keine Ahnung, wie das nun weitergehen soll." Lena prustete bei dem Anblick ihrer völlig verzweifelten Freundin laut los. „Mensch Süße, dich hat's aber mal so richtig erwischt, wer hätte das gedacht? Kaum lässt man dich mal alleine in ein fremdes Land verlierst du gleich Herz und Verstand. Ui, das hat sich jetzt sogar gereimt. Vielleicht schreibe ich ein Gedicht über euch zwei. Oder noch besser ein Drama. Über zwei Liebende, die die ach so weite Entfernung trennte, und sie deshalb niemals vereint würden sein können." Ronja fischte nach einem Eiswürfel aus ihrem Glas und warf ihn nach Lena. „Ja, mach dich ruhig noch lustig über mich. Aber mal ganz ehrlich: wie soll das funktionieren? Er hier, ich in Deutschland. Das ist jetzt nicht wirklich gerade mal ums Eck. Und außerdem haben wir beide unsere feste Arbeit. Ich zerbreche mir seit Tagen den Kopf, finde aber keine akzeptable Lösung." Resigniert ließ sie die Schultern hängen und schaute Lena mit traurigem Hundeblick an. Die sog an ihrem Strohhalm und dachte nach. „Wie oft habt ihr euch denn jetzt gesehen seid ihr euch kennengelernt habt?" Ronjas Antwort kam wie aus der Pistole geschossen. „Jeden Tag! Morgens muss er zwar immer noch ein bisschen was arbeiten, aber spätestens gegen Mittag war er wieder bei mir. Wir haben bisher jeden Tag etwas unternommen, waren schwimmen, Eis essen, spazieren, haben Ausflüge unternommen haben die Nächte miteinander verbracht. Gott Lena, dieser Mann ist der Wahnsinn im Bett." Ronjas Blick wurde träumerisch. Lena schlug die Hände vors Gesicht. „Lass das, das ist zu viel Information." Sie lachte. „Lerne ich den Wunderknaben auch mal kennen?" Ronja sah auf ihr Handy, wo gerade eine Nachricht von Marco einge- troffen war. Sie musste sofort grinsen. Lena beobachtete sie, während Ronja ihm antwortete. Als sie das Handy wieder beiseite legte meinte Lena zu ihr: „Du hättest eben mal dein Gesicht sehen sollen. Die Sonne am Himmel ist nichts dagegen. Und deine Augen leuchten so dermaßen, dass ich ein wenig Angst ums Display hatte. Also, was spricht der Traum- Schweizer?" Ronja dehnte sich zufrieden. „Er kommt gegen halb drei her und holt uns ab. Wir fahren nach Thun, dort gibt es eine wunderschöne Altstadt. Und viel- leicht kann ich dir auch noch „Floras Schoggitruhe" zeigen. Wie lange bleibst du eigentlich?" Es war Montag, Ronjas letzte Woche war somit angebrochen. „Ich muss am Mittwoch schon wieder zurück. Die brauchen am Donnerstag jemand für den Nachtdienst, und ich will ja hier sowieso nicht länger stören, als nötig." Sie warf Ronja eine Kusshand zu und zwinkerte. Die winkte ab. „Ach was, du störst doch nicht. Ich bin doch froh, dass du hier bist und dir so auch schon mal ein Bild von Marco machen kannst. Das wird etwas ganz Großes, das habe ich im Gefühl...

Als Lena mittwochs gegen Mittag ihre Tasche wieder in den Kofferraum ihres Autos verfrachtete war sie sich sicher, dass ihre Freundin die ganz große Liebe gefunden hatte. Ganz zu Beginn, als sie Marco kennenlernen durfte, hatte sie zunächst die Befürchtung gehabt, er würde es vielleicht nicht ernst meinen mit der jungen Frau aus Deutschland. Er sah wirklich unverschämt gut aus und hatte eine so charmante und liebevolle Art, dass Lena skeptisch war, ob er das alles wirklich so ernst nahm wie ihre Freundin. Aber als sie dann beobachtete, mit was für einem Blick Marco Ronja immer wieder ansah und wie er mit ihr umging war sie sich absolut darüber im Klaren, dass die beiden eine wahrhaftig große Zuneigung zueinander hatten. Da sprühten die Funken und flogen Blicke, das Lena zwischendurch fast das Gefühl hatte, in Deckung gehen zu müssen. Sie hatte auch Marcos Vater kurz kennenlernen dürfen und schwärmte danach fast genauso von ihm wie Ronja. Alles in allem fuhr sie mit einem wirklich guten Gefühl wieder nach Hause. Nur für das Problem „Entfernung" hatten sie noch keine Lösung gefunden.

Lena war gespannt, wie das nun weitergehen würde. Ronja winkte ihrer Freundin hinterher. Sie hatte die letzten zwei Tage sehr genossen. Und das Lena Marco auch gut fand war Ronja sowieso sehr wichtig. Sie schnappte sich ihren kleinen Rucksack und machte sich auf den Weg zum Coop, einem Lebensmittel Laden mitten in Brienz. Sie wollte heute Abend für Marco kochen und hatte außerdem vor, eine kleine Torte zu backen. Sie wollte ihm IHRE süßen Künste zeigen. Eine halbe Stunde später machte sie sich wieder auf den Heimweg, mit einem Stück Filet in einer Kühlbox, ein paar frischen Champions, frischen Früchten, geriebenen Bergkäse und einer guten Flasche Rotwein. Alles andere, was sie sonst noch für ihr Menu brauchte war noch zuhause. Marco hatte gerade angerufen, er würde heute erst gegen achtzehn Uhr da sein können, er hatte noch einen Termin in Luzern. Sie hatte also genügend Zeit, um alle Vorbereitungen zu treffen und sich hübsch zu machen.

Mathilda saß am Küchentisch und scrollte sich verzweifelt durch diverse Geschenkeseiten. Ihre Freundin Greta würde ihm September 60 Jahre alt werden und sie hatte noch überhaupt keine Ahnung, was sie ihr schenken sollte. Louisa brabbelte in ihrem Sitz vor sich hin. Anja war die nächsten zwei Stunden noch beruflich unterwegs und Andreas hatte Frühdienst und würde erst gegen fünfzehn Uhr wieder zuhause sein. Und Mathilda passte gerne auf ihre kleine Enkelin auf. „Na mein kleiner Krümel, was schenken wir denn der Tante Greta?" Hilflos sah sie zu Louisa hin, die auf dem Tischchen ihre Holzpuzzle – Teile konzentriert hin und herschob. Als sie merkte, dass ihre Oma sie ansah, streckte sie ihr lachend einen Holzesel entgegen. „Da Oma ii-aa". Mit ihren fast zwei Jahren begann sie immer mehr, zu reden. „Willst du mir jetzt damit sagen, dass deine Oma ein Esel ist?" Sie legte den Esel in die passende Form und fuhr Louisa zärtlich über die Haare. „Aber vielleicht ist diese Idee gar nicht mal so schlecht", murmelte sie vor sich hin. Sie tippte ein paar Worte in die Tastatur und suchte eine passende Seite. Nach einigen Minuten rief sie laut „Ha, das ist es."

So laut, dass Louisa erschrocken zusammenfuhr und ihre Oma irritiert ansah. „Oma aua?" Mathilda lächelte sie liebevoll an. „Nein mein Mäuschen, Oma geht es gut. Ich weiß nur jetzt ziemlich genau, was ich Greta schenken werde. Komm, jetzt gehen wir aber erstmal noch ein bisschen an die frische Luft, bis die Mama wiederkommt.

„Ich bin mega satt, das war unfassbar lecker." Marco wischte sich den Mund an der Serviette ab, rieb sich den Bauch und leckte sich über die Lippen. Ronja erhob sich und stellte die Teller übereinander. „Ich hoffe, du hast noch ein wenig Platz für den Nachtisch gelassen. Es wäre ja sonst schade um die schöne Torte." Sie trug die Teller in die Küche und stellte sie in die Spülmaschine. Marco stand ebenfalls auf, nahm die Auflaufform und brachte sie Ronja in die Küche. Die holte gerade Torte aus dem Kühlschrank, stellte sie auf den Tisch und suchte ein scharfes Messer. „Oh wow, das ist ja ein wahres Kunstwerk." Marco staunte nicht schlecht, als er Ronjas Backkunst sah. Die hatte mittlerweile ein Messer gefunden und drückte Marco zwei Teller und zwei Kuchengabeln in die Hand. „Hier, bring das schon mal ins Esszimmer, ich komme gleich." Marco nahm die Teller, legte Ronja einen Arm um die Hüfte und zog sie an sich. Er sah ihr tief in die Augen und küsste sie erst sanft, dann immer fordernder. Nur sehr widerwillig und leicht atemlos machte Ronja sich wieder frei. „DEN Nachtisch gibt's später, jetzt bring die Teller bitte rein, sonst kann ich für nichts mehr garantieren." Sie schob ihn Richtung Esszimmer und schnitt die Torte auf. Als sie einige Minuten später zusammen am Tisch saßen hörte Ronja nur noch „Ahh" und „Hmm" und zwischendurch immer mal wieder „Himmel, ist das geil." Verschmitzt sah sie ihn von der Seite an. „Wenn du nachher auch solche Geräusche von dir gibst wird das ja noch ein ziemlich interessanter Abend." Marco zwinkerte ihr zu, dann meinte er: „Ronja, diese Torte ist der Wahnsinn. Ich wäre dafür meinem Vater und Lauren morgen mal ein Stück davon vorbeizubringen, wenn du nichts dagegen hast." Ronja freute sich, dass es Marco so gut schmeckte. „Bleibst du heute Nacht bei mir?" fragte sie ihn, als sie beide bei einer

Zigarette draußen auf der Terrasse standen. Marco sah sie an, seine Augen wirkten jetzt in der Dämmerung dunkel und geheimnisvoll. Mit rauer Stimme flüsterte er: „Ich wäre am liebsten jede Nacht bei dir…"

„Ich bin gekommen, um mich zu verabschieden Herr Gasser. Morgen fahre ich wieder nach Hause. Ich hoffe aber, ich darf bald mal wiederkommen und Ihnen und Ihrer zauberhaften Chocolaterie dann auch einen Besuch abstatten." Ronja reichte Loris die Hand. Der umschloss sie warm und herzlich. „Liebe Ronja, Sie sind uns jederzeit herzlich willkommen." Dann sah er zu seinem Sohn, der leicht bedröppelt neben ihm stand und nicht wirklich fröhlich aus der Wäsche schaute. „Ach, bevor ich es vergesse: Lauren und ich haben die Torte probiert, die sie für meinen Sohn gebacken haben. Und ich muss Ihnen wirklich ein Kompliment machen. Das Zusammenspiel der Aromen und der einzelnen Komponenten war perfekt, die Schokolade zart schmelzend und die Früchte und Gewürze waren wunderbar abgestimmt.

Wir möchten Ihnen vorschlagen, eine Art „Schokoladen - Praktikum" in unserem Geschäft zu machen. Sagen wir über vier Wochen? Natürlich gegen Bezahlung. Lauren wird sie gerne in die Grundkenntnisse und einige Geheimnisse der Schokoladenverarbeitung einweihen. Sie scheinen eine natürliche Begabung zu haben, das hat mir Marco schon berichtet. Außerdem könnten sie so auch schon mal einen kleinen Einblick darüber bekommen, wo man gute Rohstoffe herbekommt und wo die besten und ausgefallensten Gewürze. Was sagen Sie dazu?" Ronja sah Loris Gasser völlig entgeistert an. Und auch Marco war offenbar völlig sprachlos. „Ist das Ihr Ernst?? Ich darf hier in Ihrem Geschäft mitarbeiten? Oh mein Gott, jetzt weiß ich gerade gar nicht, was ich sagen soll. Das wäre der absolute Wahnsinn. Ich müsste das natürlich zunächst mit meiner Chefin abklären. Ich weiß nicht, ob sie bereit wäre, mich vier Wochen lang freizustellen. Zumal ich ja gerade erst ausgelernt habe und gerade vier Wochen Urlaub hatte." Ronja war völlig durcheinander. Damit hatte sie nun überhaupt nicht gerechnet. „Denken Sie in aller Ruhe darüber nach und klären Sie es in ihrer

Heimat ab. Wir würden uns jederzeit über Sie freuen." Loris drückte ihr eine Schachtel in die Hand. „Hier, damit sie eine kleine Erinnerung an uns mit nach Hause nehmen können. Feinste Schokoladen, Trüffel und ein paar Petit four. Kommen Sie gut nach Hause liebe Ronja und grüßen Sie Ihre Familie unbekannterweise." Ronja nahm die Schachtel, drückte sie Marco in die Hand und fiel Loris Gasser um den Hals. „Danke, und ich werde mich sobald wie möglich bei Ihnen melden." Marco lud die Schachtel in sein Auto „Urs" und nahm Ronja an der Hand. „Komm, lass uns noch ein wenig bummeln gehen. Ich will doch jede Sekunde mit dir ausnutzen, bevor du mich morgen auf unbestimmte Zeit verlässt." Daran mochte Ronja nicht mal denken, noch wussten sie beide nicht, wie das weitergehen sollte.

Nach einer sehr kurzen (und sehr intensiven) Nacht packte Ronja am nächsten Morgen ihren Koffer und ihre Tasche. Sie hatte einige Mitbringsel für ihre Familie besorgt, und somit war ihr Gepäck schwerer als bei ihrer Ankunft. Als sie den Koffer vor die Tür gehievt hatte stöhnte sie: „Na das kann ja lustig werden beim Umsteigen." Marco beobachtete sie mit trübseliger Miene. „Ich kanns gar nicht glauben, dass du jetzt schon wieder gehst. Und ich weiß ja noch nicht mal, wann wir uns wiedersehen." Sie hatten die halbe Nacht geredet, sich geküsst und berührt und wussten doch nicht wirklich, wie das nun weitergehen sollte. Sicher war nur, sie mussten sich unbedingt wiedersehen. Ronja wollte das so bald wie möglich abklären mit dem vorgeschlagenen Praktikum in „Floras Schoggitruhe". Und natürlich würden sie ganz oft miteinander telefonieren. Aber nichtsdestotrotz trennten sie über 400 Kilometer voneinander. „Wo musst du denn umsteigen?" Ronja wanderte gerade nochmal durch alle Räume um nachzusehen, ob sie irgend etwas vergessen hatte. Dann kam sie zurück zu Marco in den Flur und seufzte tief. „In Spiez. Danach kann ich sitzen bleiben bis nach Mannheim." Sie schulterte ihre Tasche und Marco nahm sich den Koffer und die kleine Reisetasche. „Ich bring dich bis nach Spiez, dann hast du dir wenigstens einmal das Umsteigen erspart." Ronja sah ihn dankbar an. „Das ist aber lieb von dir." Die etwas mehr als halbstündige Fahrt saßen sie fast schweigend nebeneinander. Marco hatte Ronjas

Hand genommen und ließ sie nur dann los, wenn er kurz schalten musste. Beide hingen sie ihren Gedanken nach. Ronja freute sich natürlich wieder auf daheim, auf ihre Eltern, ihre Schwestern und die kleine Lousia. Aber der Gedanke, Marco für längere Zeit nicht sehen zu können, trieb ihr beinahe die Tränen in die Augen. Am Bahnhof angekommen luden sie das Gepäck aus und Ronja tätschelte noch einmal die Motorhaube des kleinen roten Seat. „Tschüss Urs, bis zum nächsten Mal." Dann gingen sie langsam nebeneinander her auf den Bahnsteig. „Ich ruf dich an, sobald ich wieder zuhause bin." Ronja stellte ihre Tasche ab und drehte sich zu Marco um. Der nahm sie wortlos ganz fest in den Arm, minutenlang. Dann schob er sie ein Stück von sich weg und sah ihr tief in die Augen. „Mach das bitte. Ich habe hier noch etwas, dass du mich nicht vergisst." Er griff in seine Hosentasche und holte ein dunkelrotes Vorhängeschloss heraus. Darauf eingraviert waren die Buchstaben „R" und „M" sowie ein großes Herz und das Datum, an dem sie sich zum allerersten Mal begegnet waren. „Das nimmst du jetzt mit heim, und wenn du wieder zu mir in die Schweiz kommst

hängen wir es zusammen am Schiffs-
anleger in Brienz auf, einverstanden?"
Ronja schluckte, ihr blieben gerade
sämtliche Worte im Hals stecken. „Und
noch was Ronja Blomen: Du solltest sobald
wie möglich wieder zu mir kommen,
weil… ich dich liebe. Und ich mir ein Leben
ohne dich fast schon nicht mehr vorstellen
kann." Jetzt kamen Ronja doch noch die
Tränen. Sie wischte sie weg und streichelte
Marcos Wange. „Ich verspreche hiermit
hoch und heilig, dass ich ganz bald wieder
bei dir bin. Ich liebe dich nämlich auch, du
verrückter Kerl." Sie küssten sich zärtlich
und vergaßen für einen Moment nochmal
die Welt um sich herum bis sich ein Schaffner neben ihnen lautstark räusperte. „Ent-
schuldigung, aber wenn einer von Ihnen
mit diesem Zug mitfahren möchte sollte es
jetzt bitte einsteigen." Er hob grüßend die
Hand an die Mütze und entfernte sich.
Marco umarmte Ronja noch einmal ganz
fest und half ihr dann, ihre Tasche ins
Abteil zu stellen. Kaum war er wieder
zurück auf dem Bahnsteig schrieb er ihr:
„Vergiss niemals, dass ich dich liebe!"
Ronja öffnete das Abteilfenster und rief:
„Ich liebe dich auch Marco Gasser. Bis
bald!" Als der Zug losfuhr winkten beide,

bis sie sich nach der ersten Kurve nicht mehr sehen konnten. Und dann erst flossen bei Ronja die Tränen. Sie ließ die letzten drei Wochen nochmal Revue passieren und war sich ziemlich sicher, in Marco den Mann fürs Leben gefunden zu haben. Sie war mal gespannt, was ihre Familie dazu sagen würde. Und natürlich beschäftigte sie weiterhin die Frage, wann sie sich das nächste Mal sehen würden.

„Da ist sie! Jetzt komm schon Schorsch, geht das nicht ein wenig schneller?" Georg konnte kaum noch mit Mathilda Schritt halten. Die hatte Ronja am Ende des Zuges entdeckt und war nun nicht mehr aufzuhalten. Georg schnaufte und keuchte hinterher, bei der Hitze es fiel ihm schwer, bei dem Tempo, dass seine Frau gerade an den Tag legte, Schritt zu halten. Mathilda war mittlerweile bei Ronja angekommen und drückte sie fest an sich. „Ach ist das schön, dass du wieder da bist. Du hast mir so gefehlt mein Mädchen. Oh, und wie braun du bist. War´s schön? Hattest du eine gute Zeit? Wie wars mit Lena?" Georg hatte es inzwischen auch bis zu seinen zwei Damen geschafft und wischte sich mit dem Taschentuch den Schweiß von der Stirn. „Liebe Güte Mamutschka, lass Ronja doch erstmal ankommen. Und vor allem, lass mich auch mal." Mathilda hatte Ronja immer noch im Arm und Georg verlangte nun das gleiche Recht. „Hallo mein Töchterlein. Gut siehst du aus. Die Schweizer Bergluft scheint dir ja richtig gut bekommen zu sein." Er knuddelte Ronja einmal kräftig und schnappte sich dann das Gepäck. „Auf geht's, ich will so schnell wie möglich hier weg. Hier in Weinheim steht die Luft ja mal wieder. Ronja lachte erleichtert. Sie war wieder in heimatlichen Gefilden und freute sich wahnsinnig, ihre Eltern wieder zu sehen. Aber gleichzeitig vermisste sie jetzt schon wieder die Schweiz und einen ganz speziellen Eidgenossen. Kaum saßen sie im Auto begann ihre Mutter zu erzählen. „Anja, Andreas und die Kinder kommen später noch vorbei, Finja und Doro kommen morgen. Sie wollen alle wissen, wie es dir gefallen hat. Wir grillen heute Abend, eventuell kommen Werner und Greta auch noch vorbei." Ronja hörte dem fröhlichen Geplapper ihrer Mutter zu, gleichzeitig schweiften ihre Gedanken aber ganz weit weg. Georg beobachtete seine Jüngste im Rückspiegel. „Ist alles in Ordnung mit dir mein Kind?" unterbrach er den Redefluss seiner Frau. „Ja, alles gut, ich bin nur ein wenig erschöpft von der langen Zugfahrt und der Hitze." Das konnten ihre Eltern verstehen. Es war Anfang September und jetzt, am späten Nachmittag waren es noch über 30 Grad. Dementsprechend waren sie alle froh, als sie wieder zuhause waren und sich im schattigen Hof des Hauses erfrischen und erholen konnten. „Ich geh kurz duschen und auspacken, dann komme ich wieder runter. Außerdem habe ich euch allen etwas mitgebracht. Also bis gleich." Ronja ging hoch in ihr Zimmer, ließ sich aufs Bett fallen und starrte in die Luft.

Dann schnappte sie sich ihr Handy und schrieb: „Ich bin wieder zurück in der Realität. Und das empfinde ich so, weil die letzten drei Wochen mit dir ein absoluter Traum waren. Danke, dass du so völlig unverhofft in mein Leben getreten bist." Sie versah die Nachricht noch mit einem Herz und schickte sie ab. Keine Minute später rief Marco an. „Ich musste dich einfach nochmal hören. Seit du weg bist fehlst du mir. Es hätte vorhin nicht viel gefehlt und ich hätte „Urs" über die Autobahn bis hin zu dir gejagt." Ronja bekam Herzklopfen bei seiner Stimme und musste automatisch lächeln. „Der arme „Urs", das hätte der bestimmt nicht wirklich gut verkraftet. Ich muss meine Eltern erstmal ganz behutsam darauf vorbereiten, dass ich mein Herz in der Schweiz verloren habe. Die wissen ja noch gar nichts von ihrem Glück. Und gleich nächste Woche rede ich mit meiner Chefin. Vielleicht schaffen wir es ja, uns sogar dieses Jahr nochmal zu sehen." Marco machte am

Telefon einen verächtlichen Ton. „Du hast gerade hoffentlich nicht wirklich „vielleicht" gesagt. Wir sehen uns dieses Jahr nochmal, egal wie." Sie unterhielten sich noch eine Weile, dann klopfte es an Ronjas Tür. Sie rief „ja" und zu Marco gewandt: „Ich muss jetzt Schluss machen, wir können ja noch schreiben, wenn du Lust und Zeit hast." Sie warf einen Kuss durch die Leitung und legte auf.

Anja steckte ihren Kopf durch die Tür. „Na Schwesterherz, wie stehen die Aktien?" Ronja stand auf und umarmte ihre älteste Schwester. „Alles paletti, es war wirklich toll. Ich komm auch gleich runter, ich geh nur noch schnell abduschen." Anja ging zurück in den Hof, wo ihr Mann Andreas mit seinem Schwiegervater am Grill stand. Leonie, Lennox und Mathilda spielten Ball mit Louisa. Als Anja sich an den Tisch setzte gesellte sich Mathilda zu ihr.

„Findest du nicht auch, dass sich Ronja irgendwie ganz schön verändert hat." Mathilda zupfte an der Tischdecke und sah den Kindern beim Spielen zu. „Was meinst du? Ich finde, sie sieht sehr erholt und zufrieden, ja sogar ziemlich glücklich aus." Anja sah ihre Mutter an. Die sinnierte vor sich hin. „Ja, das auch. Aber irgendetwas ist anders. Naja, warten wir ab, was sie uns alles zu erzählen hat." Kurze Zeit später kam auch Ronja in den Hof und umarmte alle der Reihe nach. Ihre kleine Nichte nahm sie auf den Arm. „Na du Zwerg? Du bist aber ganz schön groß geworden in den letzten vier Wochen. Was geben die dir denn zu essen? Kraftfutter für Pferde?" Sie zwickte Lousia leicht in die Nase. Die kicherte und tippte mit ihren kleinen Fingern in Ronjas Gesicht herum. Mathilda kam mit Tellern, Anja brachte eine Schüssel mit Salat. „Kommt und setzt euch. Ich will doch endlich wissen, was Ronja alles so erlebt hat die letzten vier Wochen ohne uns." Ronja schüttelte leicht schmunzelnd den Kopf. „Aber Mama, wir haben doch so gut wie jeden Abend miteinander telefoniert. Was soll da sonst noch groß passiert sein?" Das sie dabei leicht errötete machte ihren letzten Satz nicht wirklich glaubwürdiger. „Also schön, ich erzähle euch etwas, aber erst nach dem Essen, einverstanden?" Georg murmelte: „Wenn es deine Mutter noch so lange aushält." Womit er sich wiederum einen ziemlich erbosten Blick von Mathilda einhandelte. „ICH kann warten, ich bin ja schließlich nicht neugierig."

Mathilda zuckte gleichgültig mit den Achseln, worauf sich Georg und sein Schwiegersohn Andreas anrempelten und lachten. Was Andreas dann allerdings einen bösen Blick von Anja bescherte. Der zog den Kopf ein und raunte zu Georg: „Ich glaube wir zwei sollten jetzt besser die Klappe halten." Nach dem Essen zündeten sich Ronja und Georg eine Zigarette an, während Anja und Mathilda mit Andreas den Tisch abräumten. „Ich bin froh, dass du wieder da bist. Es ist doch ziemlich leer im Haus, so ganz ohne dich. Wobei Louisa in letzter Zeit öfter mal da war. Und die bringt wahrlich auch genug Stimmung ins Haus." Ronja lachte. „Das kann ich mir vorstellen, die hält euch bestimmt ganz schön auf Trab. Ich freue mich schon total darauf, wieder mal in meinem eigenen Bett zu schlafen." Wobei ihr gleich der Gedanke kam: Wenn da nur nicht was fehlen würde. Als alle wieder am Tisch beieinander saßen fing Ronja an, von „Floras Schoggitruhe" zu erzählen. Sie berichtete von ihrem und Marcos Kennenlernen im „House of Läderach", von den vielen schönen Aus- flügen, die sie miteinander gemacht hatten und davon, dass sie in der Backstube mithelfen durfte. Dann erzählte sie von

Marcos Vater und dessen Bruder und dem Angebot, das Loris Gasser ihr gemacht hatte. Und ganz zum Schluss, als sie zu dem Punkt kam, wo Marco sie an den Bahnhof nach Spiez gebracht hatte holte sie tief Luft, schaute einen nach dem anderen an und sagte schlicht:

„Ich habe mich verliebt, in einen Schweizer namens Marco Gasser aus Interlaken!"

Für Sekunden wurde es ganz still am Tisch. Anja war die Erste, die ihre Sprache wiederfand. „Das klingt ja großartig. Gibt's denn auch ein Bild von diesem tollen Schweizer?" Sie zwinkerte und Ronja kramte ihr Handy aus der Hosentasche. Als sie ihre Galerie öffnete verklärte sich ihr Blick. Sie und Marco hatten so viele Bilder zusammen gemacht, auf jeden ihrer Ausflüge, egal wo sie waren. Jedes Bild zeigte ein glücklich verliebtes Paar. Sie suchte ein schönes, dass sie gemeinsam vor der Eiger Nordwand zeigte und hielt es in die Runde. Anja schnappte sich das Handy und stieß einen Pfiff aus. „Holla die Waldfee, na das ist ja mal ein Schnittchen." Andreas schaute ihr über die Schulter und demonstrierte lachend: „Ey, sag mal. Ich etwa nicht??" Anja hob den Kopf und küsste ihn. „An dich kommt doch eh keiner ran, außerdem wäre der ja auch viel zu jung für mich. Aber ich muss zugeben, ein wirklich sehr attraktiver und sympathisch wirkender Mann. Wie alt ist er denn?" Ronjas Gesicht nahm einen strahlenden Ausdruck an. „Er ist 26, sein Bruder Lauren 29 und der Älteste, Vitus, ist 33. Der ist verheiratet und hat zwei Kinder im Alter von sechs und acht. Wie alt der Vater ist weiß ich gar nicht, das habe ich nicht gefragt. Und seine Mutter lebt ja seit fünf Jahren nicht mehr. Mama, ist alles in Ordnung?" Ronja war Mathildas seltsamer Blick nicht entgangen, als sie das Bild gezeigt hatte und von Marcos Familie erzählte. Mathilda wirkte nachdenklich und auf eine gewisse Art fast traurig. „Und wie soll das jetzt weitergehen mit euch beiden? Interlaken liegt ja nun nicht gerade gleich hinter Wald-Michelbach." Georg sah seine Frau an und nahm ihre Hand. Er spürte, dass sich hinter dieser Frage sehr viel mehr verbarg, hielt sich aber vorerst noch zurück. Ronja hingegen plapperte fröhlich weiter. „Ich werde am Montag mal mit Gitti und Horst reden, das Beste wisst ihr ja noch gar nicht." Sie erzählte von dem

Vorschlag, den Marcos Vater ihr gemacht hatte und mit jedem ihrer Sätze wurde das Gesicht ihrer Mutter länger. „Das heißt, du bist bald wieder für längere Zeit nicht da?" Jetzt merkte auch Anja, dass Mathilda gerade offenbar sehr mit sich kämpfte. Nur Ronja bemerkte das noch nicht. „Naja, was heißt länger? Ich werde dann wahrscheinlich wieder für vier Wochen in die Schweiz gehen. Aber da mich ich eventuell sowieso mal nach einer Ausbildung zur Chocolatiere in Luzern erkundigen wollte kann ich das auch gleich an Ort und Stelle machen." Warum auch immer brachte dieser Satz das Fass bei Mathilda völlig zum Überlaufen. Sie stand auf und ging wortlos ins Haus. Ronja wollte ihr hinterher, aber Georg deutete ihr an, sitzenzubleiben. Er ging Mathilda nach und fand seine Frau in der Küche sitzend, tränenüberströmt.

„Ach Mamutschka, was ist denn los, hm?" Eigentlich konnte er es sich ja schon denken, wollte aber abwarten, ob vielleicht nicht doch noch etwas anderes dahintersteckte. „Ich will nicht, dass unser jüngstes Kind jetzt auch noch das Nest verlässt!" brach es aus Mathilda heraus. Genau das hatte Georg befürchtet. Er nahm sich einen

Stuhl, stellte ihn dicht neben seine Frau, setzte sich und nahm sie in die Arme. „Hör mal mein Schatz, das war doch irgendwann abzusehen, oder? Wir haben unsere Mädels doch immer zur Selbstständigkeit erzogen. Und Ronja wird im Oktober 22 Jahre alt. Willst du etwa, dass das Kind eine vereinsamte alte Jungfer wird, die bis in alle Ewigkeit im Hause ihrer immer älter werdenden Eltern versauert und am Ende vor lauter Verzweiflung 20 heimatlose Katzen beherbergt?" Jetzt musste Mathilda trotz ihrer Tränen doch schmunzeln. „Und das, was ich eben so flüchtig auf Ronjas Handy gesehen habe sah doch ganz passabel aus. Jetzt lass ihr halt diese Chance und vor allem dieses wunderschöne Gefühl. Man weiß doch eh nie, wie lange sowas anhält. Das weiß man ja nicht mal in unserem Alter. Und die Schweiz ist auch nicht Amerika. Wenn es Ronja TATSÄCHLICH eines Tages dahinziehen sollte, dann können wir sie immer noch jederzeit besuchen. Wir sind doch noch keine alten Leute, und wir haben dann alle Zeit der Welt. So kämen wir beide wenigstens regelmäßig in Urlaub."

Er nahm sie in den Arm und Mathilda legte ihren Kopf auf seine Schulter. „Und außerdem haben wir dann das ganze Haus wieder für uns alleine." Er blinzelte mit den Augen und zog ein paarmal die Augenbrauen nach oben. Mathilda klopfte ihm auf die Hand. „He du alter Schwerenöter." Ihr Mann war echt manchmal unmöglich. Dann dachte sie nach und seufzte. „Ja, wahrscheinlich hast du recht. Sie sollen ja alle glücklich werden. Aber mir geht das alles viel zu schnell. Gerade waren sie doch noch klein und haben uns gebraucht. Und jetzt, so Knall auf Fall, lassen sie uns alleine und ziehen in die Weltgeschichte hinaus. Ich fühle mich gerade so nutzlos…" Mathilda schniefte und kramte ein Taschentuch aus ihrer Jeans.

„Mamutschka, du bist alles andere als nutzlos. Im Gegenteil. Guck mal, Anja und Andreas brauchen dich zum Beispiel. Was wären Leonie, Lennox und Louisa ohne ihre fantastische Oma? Finja braucht immer mal wieder deinen Rat zum Thema Haushaltsführung und wenn es darum geht, wie man Doro mal wieder eine Freude machen könnte. Und Ronja? Die wäre doch ohne ihre Mama eh völlig aufgeschmissen. Ihr habt immerhin jeden Abend miteinander telefoniert, als sie weg war. Natürlich wird es Zeiten geben, wo sich die Kinder weniger melden, weil sie halt auch ihr eigenes Leben führen. Genau wie wir. Aber das heißt nicht, dass sie einfach so aus unserem Leben verschwinden, nur weil sie vielleicht in einem anderen Land leben. DU sagst doch immer so schön: „Gib Kindern Flügel und Wurzeln!" Und beides haben unsere drei Mädchen." Jetzt musste Mathilda schon wieder heulen. Dieses Mal aus Rührung über Georgs Monolog. Dann wischte sie sich energisch über die Augen und stand auf. „Weißt du was? Du hast absolut recht. Wir gehen jetzt da raus und freuen uns mit Ronja. Und dann will ich alles über diesen jungen Mann wissen, der meine Tochter offensichtlich so glücklich macht." Georg nahm seine Frau noch einmal ganz fest in den Arm. „So kenne ich dich. Und so liebe ich dich mein Schatz."

Sie gingen zurück zu den anderen, wo Ronja Anja und Andreas gerade intensiv von der Führung im „House of Läderach" erzählte. „Diese Gerüche und Aromen, ich sag´s euch, ich war wie im Himmel. Es war absolut spannend, zu sehen, was die aus diesem Rohstoff alles zaubern. Oh, ihr seid wieder da." Ronja wurde ihrer Eltern gewahr und stand auf. Sie sah ihre Mutter fragend an. Natürlich sah man Mathilda an, dass sie geweint hatte, aber gerade hatte sie ein liebevolles Lächeln im Gesicht. Sie schüttelte den Kopf und drückte Ronja wortlos an sich. „So, dann zeig mir doch auch mal ein paar Bilder von diesem Schweizer Wunderknaben." Sie setzte sich an den Tisch und Ronja begann glückselig, ihr alle Bilder zu zeigen, die sie während der vergangenen knapp drei Wochen von Marco gemacht hatte. Und zu jedem Bild hatte sie etwas zu erzählen. Als Mathilda ihre Tochter ein paarmal von der Seite verstohlen betrachtete hatte sie das seltsam sichere Gefühl, dass Ronjas Herz ange-kommen war. Nun denn, blieb abzu-warten, was daraus werden würde.

„Kann ich später mal mit dir reden?" Ronja kümmerte sich gerade um die Dekoration einer bestellten Hochzeitstorte als Gitti in die Backstube kam. Sie wischte sich die Hände an der Schürze ab und sah hoch. Heute war der erste Tag nach ihrem vierwöchigen Urlaub und laut Auftragsbücher war sie die nächsten zwei Wochen völlig ausgebucht. Eigentlich hatte sie ja vorgehabt, sowieso mit Gitti zu reden, von daher bot sich das ja geradezu an.

„Klar, ich mach noch die beiden Aufträge für fertig und komm dann rüber. Oder soll ich gleich mitkommen?" Gitti schüttelte den Kopf. „Nein, alles gut, mach du nur erst fertig. Ist auch nicht allzu wichtig." Ronja machte sich wieder ans Werk und grübelte die ganze Zeit darüber nach, was die Chefin wohl von ihr wollte. Außerdem wusste sie noch nicht genau, wie sie das mit dem vierwöchigen Praktikum rüberbringen sollte. Emilie kam auf sie zu. „Du siehst richtig erholt aus. War wohl schön in der Schweiz, was?" Ronja mochte Emilie. Die war ein Jahr jünger als sie, hatte aber schon letztes Jahr ausgelernt. Und arbeitete seitdem in Gittis Backstube. Sie war, wie man umgangssprachlich so schön sagte, nicht die hellste Kerze auf der Torte, aber ein durch und durch lieber und offener Mensch. „Ja, es war wirklich großartig. Ich wollte eigentlich gar nicht mehr zurück." Als sie Emilies erschrockenen Blick sah fügte sie rasch hinzu: „Aber ich kann dich ja hier nicht alleine lassen mit der ganzen Arbeit. Deshalb bin ich wieder da (wenn auch vielleicht nicht für lange)". Den letzten Satz hatte sie nur gedacht und wollte ihn Emilie auch vorerst nicht auf die Nase binden. „Weißt du, was die Chefin von mir will?" Ronja wusste, dass Emilie ihre Ohren überall hatte und ziemlich wahrscheinlich auch schon etwas mitbekommen hatte. Die schnappte sich jetzt eine Schüssel und begann, Eier aufzuschlagen. „Ich weiß es nicht sicher, aber ich glaube, es geht um die Neue, die nächste Woche hier anfangen soll. Paula hört doch auf. Ihr Mann hatte einen Schlaganfall und sie muss sich um ihn kümmern. Und die, die dich jetzt die letzten vier Wochen vertreten hat soll wohl auch dableiben. Aber genaueres weiß ich auch nicht." Ronja grinste. Das war wahrscheinlich sowieso schon viel mehr, als Emilie überhaupt wissen sollte. Beide Frauen konzentrierten sich auf ihre Arbeit.

Gegen Mittag kam Thomas in die Backstube. Er hatte nachts gebacken und sich danach hingelegt. Er umarmte Ronja. „Na kleine Weltenbummlerin? Wie stehen die Aktien? Bist du jetzt eine Schokoladenfachkraft?" Ronja freute sich, ihn zu sehen. „Fast. Mir würden nur noch ein paar intensivere und eingehendere Recherchen fehlen. Ich muss mich unbedingt mit der Materie noch ein wenig genauer befassen." Von welcher Materie sie sprach ahnte Thomas allerdings nicht im Entferntesten. Ronja wusste, dass er schon lange ein, wenn nicht sogar beide Augen auf sie geworfen hatte. Und er wusste ganz genau, dass er keine Chancen bei dieser jungen, bildhübschen Frau hatte. Aber sie wollte ihn auch nicht verletzen und ihm von Marco vorschwärmen. Sollte das tatsächlich irgendwann mal ernster werden würde er es sowieso erfahren. Jetzt war es noch viel zu früh, um die Pferde, respektive Thomas, scheu zu machen. „Du musst mir unbedingt bei Gelegenheit mehr darüber erzählen. Ich will schon lange Mal neue Geschmacksrichtungen und Ideen einbringen, zusammen könnten wir da bestimmt ganz viel Innovatives kreieren."

Das war eines der Dinge, die ihn an Ronja so faszinierten. Sie war immer offen für Neues und unglaublich kreativ. Dazu bewies sie immer wieder hervorragenden Geschmack für die verschiedensten Zusammenstellungen von Komponenten. Am liebsten würde er tagtäglich mit ihr in der Backstube zusammenarbeiten. Aber er war nun mal Bäcker und sie Konditorin. Ihre Arbeitszeiten überschnitten sich. Wenn sie anfing zu arbeiten ging er meistens ins Bett. Trotzdem würde er so gerne viel mehr Zeit mit ihr verbringen. Er beobachtete sie, wie sie ihre Schürze aufknotete und sie an den Haken neben der Tür hängte. „Oh, du machst Pause? Wollen wir einen Kaffee zusammen trinken?" Ronja blinzelte ihm zu. „Ich komm gleich, ich soll vorher noch zu deiner Mutter kommen. Du kannst mir aber gerne schon mal einen Kaffee einschenken, mit zwei Stück Zucker bitte." Sie warf ihm eine Kusshand zu und machte sich auf den Weg zu Gitti ins Büro. „Ah, Ronja komm rein. Schön, dass du da bist." Ronja setzte sich auf den Stuhl an den Schreibtisch gegenüber von Gitti und war gespannt, was sie gleich erwarten würde. „Erzähl, wie war es in der schönen Schweiz?" Ronja war leicht verblüfft.

Deshalb hatte sie ihre Chefin zu sich ins Büro zitiert? Das konnte sie sich eigentlich kaum vorstellen, immerhin hätte sie das im Pausenraum bei einer schönen Tasse Kaffee genauso gut erzählen können. Aber gut, wenn Gitti schon mal fragte. Ronja berichtete ihr in allen Einzelheiten von ihrem Ausflug in die Schokoladenmanufaktur „House of Läderach". Nur den Abschnitt mit Marco ließ sie zunächst völlig weg. Das war ihr Privatleben und hatte hier im Büro nichts verloren. Gitti hatte sehr interessiert zugehört. Dann fragte sie: „Du bist also weiterhin fest davon überzeugt, dich auf Schokolade spezialisieren zu wollen?"

Die Art, wie Gitti sie das fragte ließ Ronja aufhorchen. Irgendetwas stimmte doch hier nicht. Ihre Chefin führte doch etwas im Schilde. „Ja, bin ich" antwortete sie resolut und mit fester Stimme. Dann sammelte sie all ihren Mut zusammen und holte Luft. „Ich muss dich sowieso unbedingt noch etwas fragen, also…"

Aber Gitti ließ Ronja nicht wirklich zu Wort kommen. „Hör mal, ich habe am Freitag eine E-Mail bekommen. Darin fragt ein gewisser Loris Gasser, ob er dich für ein vierwöchiges, bezahltes Praktikum in seiner kleinen Manufaktur abwerben dürfte. Es kam mir so vor, als würde er dich schon recht gut kennen. Er hat nämlich in den höchsten Tönen von dir geschwärmt."

Ronja fiel beinahe die Kinnlade auf ihre Knie. Das konnte doch jetzt nicht wahr sein. Deshalb also hatte sich Marcos Vater so beiläufig erkundigt, wo sie denn arbeiten würde. „Nun, was sagt du dazu?"

An Gittis Tonfall konnte Ronja nicht genau erkennen, was sie davon hielt. Sie wusste jetzt also auch nicht, ob sie sich freuen oder entsetzt sein sollte. Es war ihr unglaublich unangenehm, dass Gitti auf diese Art und Weise davon erfuhr. Immerhin hatte sie Ronja vor gar nicht allzu langer erst fest in den Betrieb übernommen und ihr auch sofort viel Verantwortung übergeben. Ronja hatte die Befürchtung, undankbar zu erscheinen, wenn sie jetzt ihre eigentlich riesige Freude über diese E-Mail wirklich zeigte. Sie druckste daher etwas herum und konnte Gitti auch nicht direkt in die Augen schauen als sie antwortete: „Das wäre schon toll. Ich habe dort mal so ein ganz klein wenig reinschnuppern dürfen und es war hochinteressant. Lauren, also der Sohn des Besitzers und Chocolatier, hat mir einiges gezeigt.

Aber ich will natürlich hier nicht den ganzen betrieblichen Ablauf durcheinanderbringen, nur weil ich alle naselang mal wieder nicht da bin." Jetzt sah sie Gitti dann doch ins Gesicht, weil sie deren Reaktion dort ablesen wollte. Gitti aber blieb weiterhin regungslos. Ronja wurde unruhig. Hoffentlich hatte Loris mit seiner E-Mail keinen Fehler gemacht und Gitti und Horst würden ihr jetzt kündigen. Obwohl, dann würde sie sich halt gleich um einen Platz in der Schokoladenakademie in Luzern kümmern. Aber in diesem Moment wäre ihr lieber gewesen, Gitti würde mit ihr reden. Die drehte den Bildschirm nochmal näher zu sich und sagte dann: „Da steht auch, dass du dich wohl mit seinem jüngsten Sohn recht gut verstehen würdest. Und der würde sich auch unglaublich freuen, wenn das mit dem Praktikum klappen würde." Mit einem Schlag entgleisten bei Ronja sämtliche Gesichtszüge. War dieser Loris noch ganz bei Trost? Sowas konnte der doch ihrer Chefin nicht ungefragt auf die Nase binden.

„Jetzt atme mal wieder!" Gitti hatte Ronjas ungezügelter Gesichtsmimik amüsiert zugesehen und beschloss, sie nun schön langsam von ihrer offensichtlichen Qual zu erlösen. „Du weißt, dass wir hier alle sehr große Stücke auf dich halten. Und wir würden dir niemals irgendwelche Steine in den Weg legen. Ich wollte dir eigentlich vorrangig erzählen, dass ich diese Sandra, die dich in den vier Wochen vertreten hat, gerne fest einstellen würde. Sie macht einen wirklich guten Job und scheint sehr zuverlässig zu sein. Wir kennen alle deine Vorliebe für Schokolade und die Lust damit zu arbeiten. Solche Chancen wie diese bieten sich ja schließlich nicht alle Tage. Du weißt schon, dass Loris Gasser mit seinen Schokoladenkreationen schon mehrere Preise gewonnen hat? In der Welt der Schokolade hat er einen richtig guten Namen und selbst wir haben schon so einiges über ihn gehört. Wir wären ja verrückt, wenn wir dich dieses Praktikum nicht machen lassen würden. Immerhin kommt UNS das ja nur zugute. Du setzt dich mit ihm in Verbindung und klärst ab, wann du dort erscheinen kannst. Bitte aber nach Möglichkeit erst NACH dem 15. Oktober, da wir bis dahin mit den Aufträgen aus allen Nähten platzen. Und Sandra kann erst am 01. Oktober anfangen.

Und jetzt will ich alles über diesen Marco wissen, der scheint ja großes Interesse an dir zu haben, wenn sein Vater das schon in der E-Mail erwähnt." Gitti lehnte sich entspannt zurück und genoss das unglaublich fragende Gesicht, das Ronja gerade machte.

Die war tatsächlich in diesem Moment zu keinem klaren Gedanken fähig. Ständig tauchten Wortfetzen vor ihren Augen auf wie „große Stücke", „Preise gewonnen" und „natürlich machst du dieses Praktikum". Ihr war schwindelig vor Glück und gleichzeitig war sie vollkommen sprachlos. Konnte das Leben denn noch schöner sein?" Sie hörte, dass Gitti telefonierte. „Bring uns mal zwei Kaffee ins Büro, Ronja braucht glaube ich mal eine kleine Stärkung." Kurz darauf kam Thomas mit zwei Kaffeetassen ums Eck. „Was ist denn mit dir los? Du bist ja kreidebleich. Mama, was hast du mit ihr gemacht?" Gitti feixte. „Ich habe sie für vier Wochen freigestellt. Offenbar schockiert sie das gerade noch zu sehr." Thomas erschrak. „Aber warum denn um Gottes Willen? Sie hat doch nichts falsch gemacht, oder?" Er sah wieder zu Ronja, die aus ihm unerfindlichen Gründen plötzlich strahlte wie ein Honigkuchenpferd.

„Seid ihr jetzt alle völlig verrückt geworden??" Ohne Vorwarnung fiel Ronja ihm um den Hals, rannte dann um den Schreibtisch herum und umarmte dort ihre Chefin. „Danke, danke, danke. Ich kann´s echt kaum glauben. Das ist ein wahrer Traum. Ihr müsst mich unbedingt besuchen kommen, verspochen? Und Thomas, du kommst natürlich auch mit. Das wird GROSSARTIG, das schwöre ich euch. Ich werde die beste Chocolatiere der ganzen Schweiz!" Sie reckte die Arme in die Luft und jubelte. Thomas zog den Kopf zwischen die Schultern. „Ich geh mal lieber, nicht dass das noch ansteckt." Kopfschüttelnd verließ er das Büro und Ronja erzählte Gitti von Marco und der Liebe, die sie in der Schweiz gefunden hatte.

„Ich kann´s immer noch nicht so ganz glauben. Dein Vater ist ein altes Schlitzohr, weißt du das?" Ronja lag auf ihrem Bett und telefonierte seit einer halben Stunde mit Marco. „Schlitzohr hört er bestimmt gerne, aber du solltest ihn tunlichst nicht „alt" nennen. Da steht er so überhaupt nicht drauf." Marco lachte. Er war mehr als glücklich, dass er seine Ronja bald wieder in die Arme schließen konnte. Und das hörte man seiner Stimme auch an. Ronja hatte ihren Kalender vor sich. „Also, am 15.10. muss ich nochmal arbeiten, das ist ein Donnerstag. Freitags packe ich meinen ganzen Krempel und gebe eine kleine Abschiedsfeier. Und samstags setze ich mich in den Zug und komme zu dir. Ich kann mich bei Rosa und Karl im Gästezimmer breit machen. Die sind dann zwar mit im Haus, das stört mich aber nicht. Außerdem bin ich ja tagsüber sowieso unterwegs. Wessen Idee war das eigentlich, meiner Chefin zu schreiben? Kaum das ich wieder zuhause war wohlgemerkt."

Ronja musste immer noch grinsen, wenn sie an das Gespräch von heute Vormittag dachte. Sie hatte wirklich zunächst geglaubt, Gitti wollte ihr kündigen. Jetzt aber fühlte sie nur noch Glück und konnte es kaum abwarten, dass es Oktober wurde. „Das war die Idee meines Vaters, ob du es glaubst oder nicht. Du warst noch nicht richtig weg da hat er sich an den Computer gesetzt und die E-Mail verfasst." Ronja zwirbelte eine Haarsträhne zwischen ihren Fingern. „Du, meine Chefin hat sowas angedeutet, dass dein Vater echt bekannt wäre als Chocolatier. Erzähl doch mal."

Sie telefonierten noch über eine Stunde miteinander, dann klopfte Ronjas Mutter an die Tür und rief sie zum Essen. Ronja warf noch einen Kuss durch den Hörer. „Bis morgen, vergiss mich nicht. Ich liebe dich nämlich." Und Marco antwortete: „Das könnte ich niemals, ich liebe dich nämlich noch viel mehr!" Glücklich lächelnd legte sie auf. Mathilda und Georg saßen schon beim Essen, als Ronja dazu kam. Ihren Eltern hatte sie heute Nach-mittag schon von der großen Neuigkeit berichtet und beide hatten sich sehr für sie gefreut. Am Wochenende wollte sie mal bei Anja vorbeischauen und dann viel-leicht auch zu Finja und Doro fahren. „Das ist ganz gut, dass du erst im Oktober fährst. Dann bist du im September zu Gretas geplanter Party zu ihrem 60. Geburtstag ja noch da." Mathilda schöpfte ein paar Kartoffeln auf Georgs Teller und übergoss sie mit Soße und Georg nahm den Teller lächelnd entgegen. Ronja beobachtete die beiden. Ihrer Mutter waren solche Handgriffe in Fleisch und Blut übergegangen. Sie verwöhnte jeden in ihrer Familie, und gerade ihr Mann genoss diese Fürsorge seit Jahren sehr. Würde sie selbst mal irgendwann genauso werden? Also würden sie und Marco sich am Tisch gegenübersitzen und sich gegenseitig das Essen auf die Teller tun? Ronja schüttelte über sich selbst den Kopf. Sie kannte diesen Mann doch gerade einmal drei Wochen. Da sollte man sich wahrhaftig noch nicht solche Gedanken über die Zukunft machen. Und doch ertappte sie sich dabei, wie sie immer wieder in diese Traumwelt entfloh, in der sie und Marco die Hauptpersonen spielten. Nur mühsam holte sie sich wieder zurück in die Gegenwart.

„Wann und wo soll denn die große Party steigen?" Ronja hatte sich fragend an ihre Mutter gewandt.

„Also Greta hat mittwochs Geburtstag, die Party soll aber samstags, am 30. stattfinden. Und wenn ich Greta richtig verstanden habe will ihr Werner dafür seinen

Garten zur Verfügung stellen." Lenas Haus, in dem Werner zur Miete wohnte, hatte hinten raus einen schönen großen Garten, um den sich über Jahre hinweg niemand richtig gekümmert hatte. Lenas Mutter Karin hatte noch nie ein grünes Händchen und hatte nur ab und an mal den Rasen gemäht, bevor er über den Zaun zu wuchern drohte. Und Lena hatte, genau wie Ronja nicht wirklich Interesse an Gartenarbeit. Jetzt, wo Werner der Herr über Haus und Hof war hatte sich der Garten in ein Stück blühendes Paradies verwandelt. Mit Sitzmöglichkeiten, einer Grillecke und einem wunderschönen Pavillon war er perfekt geeignet für lange Sommerabende und fröhliche Garten-partys. „Außerdem werden ja auch keine hundert Leute kommen." Mathilda riss Ronja aus ihren Gedanken. „Wir sind alle eingeladen, also kommen wir schon mal zu zehnt. Wobei man Luisa ja noch nicht wirklich dazuzählen kann. Dann gibt's da wohl zwei befreundete Pärchen, mit denen Werner und Greta regelmäßig kegeln gehen und die alte Schlüter vom Metzger Täubner kommt auch. Ich glaube, das war´s sogar schon. Hast du schon ein Geschenk für sie?" Ronja legte ihr Besteck

beiseite und kaute. „Ich denke, ich werde ihr eine schöne Motivtorte machen. Da hat sie was davon und das ist allemal besser als wenn ich jetzt irgendeinen Quatsch kaufe."
Georg nickte. Die Backkunst seiner Tochter hatte ihm schon das ein oder andere Extrakilo eingebracht. Er konnte aber selten widerstehen, wenn es im Haus nach Frischgebackenem duftete. Am darauffolgenden Wochenende buk Ronja einen Käsekuchen und machte sich damit auf den Weg zu Anja. Sie wollte ihr und ihrem Schwager Andreas erzählen, was die Woche passiert war. Und außerdem wollte sie endlich mal wieder ein wenig Zeit mit ihren Nichten und ihrem Neffen verbringen. Die kamen in letzter Zeit viel zu kurz, aber Ronja war viel zu beschäftig gewesen und wollte nicht ständig so zwischen Tür und Angel auftauchen. Heute nahm sie sich ganz viel Zeit, spielte draußen mit Leonie und Lennox Fußball und beschäftige sich stundenlang mit der kleinen Louisa.

Gerade Leonie hing sehr an ihrer Tante und war immer ein wenig traurig, dass diese nicht mehr so viel Zeit für sie hatte wie früher. Lennox steckte mit seinen 13 Jahren mitten in der Pupertät und war mehr mit anderen Dingen beschäftigt als mit dem Gedanken, dass Ronja immer weniger da war.

Es war ein wunderschöner Tag gewesen und Ronja lief erst spätabends im Dunkeln wieder zurück zu ihrem Elternhaus. Am nächsten Tag fabrizierte sie in aller Herrgottsfrüh eine gefüllte Biskuitrolle und machte sich damit auf den Weg zu Finja und Doro nach Dossenheim. Dort war sie auch schon ewig nicht mehr. Die beiden empfingen sie herzlich und Ronja musste sich zunächst das neu renovierte Nagelstudio von Doro ansehen. „Wow, das habt ihr klasse gemacht. Sieht mega aus." Ja, und seitdem dein Vater die Kaffeemaschine repariert hat kann ich meinen Kunden sogar richtig guten Kaffee kredenzen." Doro strahlte zufrieden. Dann setzen sich die drei Frauen in das gemütliche Wohnzimmer. „Ihr habt das hier alles echt mit soviel Geschmack eingerichtet, richtig zum Wohlfühlen." Ronja sah sich um. Sie fühlte sich hier jetzt viel wohler als damals noch, als dieses Haus noch Anja und Reiner gehört hatte. Es wirkte warm, gemütlich und versprühte trotzdem einen gewissen Chic.

„Das ist schön, dass du das sagt. Wir fühlen uns hier auch unglaublich wohl." Finja griff über den Tisch hinweg nach Doros Hand. „Was verschafft uns eigentlich die Ehre deines durchaus seltenen Besuches?" „Ach so ja, wartet mal…" Ronja ging zu ihrem Auto und kam mit einem riesigen Blumenstrauß und einer Flasche Asti zurück. „Zum einen wollte ich euch doch noch gebührend zu eurer Verlobung gratulieren, wenn ich schon nicht dabei war." Sie überreichte Doro den Blumenstrauß und Finja die Flasche Sekt. „Zum anderen muss ich euch unbedingt was erzählen. Ich wette, damit werdet ihr nicht rechnen." Doro holte drei Sektgläser und Finja Teller und Kuchengabeln. Dann setzten sich die drei Frauen an den Esszimmer-Tisch. Finja öffnete die Sektflasche, schenkte ein und prostete erst Doro dann Ronja zu. „Na dann, rück mal raus mit der Sprache. Du siehst aus, als würdest du gleich platzen." Ronja grinste. Genau so fühlte sie sich im Grund genommen ja auch. So, als würde sie gleich platzen vor lauter Glück.

Mathilda sah ständig auf ihr Handy. Dort konnte sie verfolgen, wann ihr Paket ankommen sollte. Sie hatte etwas für Gretas Geburtstag bestellt, und das hatte ewig lange Lieferzeiten. Es kam ja auch schließlich direkt aus Australien. Heute sollte es nun ankommen, gerade richtig zu Gretas Geburtstag. Sie würde zwar erst am Samstag richtig feiern, aber Mathilda wollte ja nicht ohne Geschenk später zum Kaffee erscheinen. Laut der Paket - Verfolgungs - App wäre ihre Lieferung gegen eins da. Mathilda saß wie auf glühenden Kohlen, schließlich wollte sie das Geschenk ja auch noch schön verpacken. Und das könnte sich etwas schwierig gestalten. Und um zwei sollten schon bei Greta sein.

Georg war im Garten und harkte Laub, jetzt im Herbst hatten sie davon mehr, als ihnen lieb war. Mathilda schaute alle paar Minuten zum Fenster hinaus, als könnte sie den Paketboten herbeigucken. Um viertel nach eins war sie beinahe ein nervliches Wrack. Laut App war ihr Paket noch vier Stopps entfernt. Georg verstand die ganze Aufregung nicht wirklich. „Meine Güte, hör auf so herum zu tigern und setz dich hin! Du machst mich ja völlig nervös mit deiner Unruhe." Er schüttelte den Kopf.

„Wenn du erst um drei bei Greta bist wird die dir bestimmt nicht gleich den Kopf abreißen. Außerdem wohnt sie genau gegenüber, dein Anfahrtsweg hält sich also durchaus in Grenzen. Was hast du da eigentlich bestellt?" Mathilda funkelte ihn wütend an. „Das verstehst du nicht, du bist schließlich ein Mann. Wenn eine Frau sagt, sie ist um ZWEI UHR auf dem 60. Geburtstag ihrer besten Freundin dann ist sie auch um ZWEI UHR da, und nicht erst um drei. Außerdem wirst du ja gleich sehen was ich bestellt habe." Ohne ihn eines weiteren Blickes zu würdigen ging sie wieder auf ihren Beobachtungsposten am Fenster. Georg schnappte sich die Zeitung und verkroch sich leise kopf-schüttelnd hinter den neuesten Schlag-zeilen.

„Ha, na endlich!" Mathildas erleichterter Ausruf kam so laut und plötzlich, dass Georg vor Schreck zusammenzuckte und die Zeitung fallen ließ. Mathilda achtete gar nicht darauf, sondern flitzte an die Haustür, um ihr lang ersehntes Paket in Empfang zu nehmen. Es war ganz schön groß, größer als sie eigentlich erwartet hatte. Und auch ziemlich unhandlich. Alleine bekam sie das wohl nicht ins Haus.

„Schorsch Schatz, würdest du mir mal helfen bitte?" Georg saß noch in seinem Sessel im Wohnzimmer und musste schmunzeln, als er seine Frau rufen hörte. Das war mal wieder typisch Mathilda. Sie kam eigentlich ganz wunderbar mit den meisten Dingen alleine zurecht und wurde auch ziemlich schnell pampig, wenn man seine Hilfe anbot. Wenn sie aber merkte, dass sie alleine nicht weiterkam, wurde sie sanft wie ein schnurrendes Kätzchen. Georg erhob sich langsam aus seinem Sessel und trottete in den Hausflur. Da stand seine Frau mit einem solch hilflosen Gesichtsausdruck vor einem sehr unförmigen Paket, dass er kurz lachen musste. Gutmütig schnappte er sich das Kartonwerk und trug es in die Küche. Mathilda sah in dankbar an, holte sich ein scharfes Messer aus der Küchenschublade und begann wild vor Aufregung, an dem Paket herum zu säbeln. Georg trat hinter sie und legte seine Hand auf ihre. Sanft, wie zu einem geistig verwirrten Serienkiller sagte er: „So mein Schatz, jetzt gibst du MIR mal das Messerchen bitte ja? Bevor es hier noch Verletzte gibt und du heute überhaupt nicht mehr zu Greta kommst." Er nahm ihr das Messer aus der Hand und durchschnitt systematisch alle zuklebten Seiten. Dann öffnete er ganz vorsichtig den Deckel. Er wusste, dass seine Frau etwas aus Australien bestellt hatte, weil Greta seit ihres längeren Australien-Aufenthaltes völlig vernarrt in dieses Land war. Aber was genau wusste er eben noch nicht. Und er traute ihr durchaus ein Känguruhbaby oder sonst ein exotisches Tier zu. Was er allerdings als erstes erspähte, war… HOLZ. Und weiter unten im Karton irgendetwas flauschiges. Ach du Sch…, also doch irgendein Tier?? Georg trat zurück und ließ seiner Mathilda den Vortritt, die hinter ihm sowieso schon ständig aufgeregt hin und her getrippelt war. „Jetzt darfst du alleine weitermachen, bevor mich hier gleich eine wilde Bestie anfällt." Mathilda sah ihn an, als wäre er geradewegs aus der Psychiatrie ausge-brochen und machte sich freudig am Inhalt zu schaffen. Als erstes zog sie das Teil aus Holz hervor und wickelte es aus dem Papier. „Ein Bumerang??" Georg traute seinen Augen kaum. Mathilda hatte also einen echten Bumerang aus Australien bestellt. Sie strahlte. „Ja, ist der nicht fantastisch? Und sogar handbemalt. Aber warte mal, ich habe noch etwas…".

Georg sah sich inzwischen den Bumerang mal genauer an. Er fuhr mit den Händen die gebogene Form entlang und nickte anerkennend. Die Malerei auf dem Holz war schlicht und ganz außen auf einem der abgeflachten Enden stand in Kalligrafie-Schrift „Greta". Er musste zugeben, dass das etwas sein würde, worüber sich die Freundin seiner Frau bestimmt sehr freuen würde. Mathilda hatte also wieder mal echten Geschmack bewiesen. Als er sie fröhlich kichern hörte schaute er nach oben. „Guck mal, ist der nicht süß?" Sie hielt einen Plüschkoala in der Hand. Der hatte auf seiner Brust ein Schild auf dem „Pangari" eingewebt war. So hieß der Koala, für den Greta in Australien die Patenschaft übernommen hatte. Und von dem sie ganz oft sprach. In ihrer Wohnung hingen Bilder von dem kleinen Busch-bewohner und jeden Monat erhielt Greta einen Brief, in dem Jack, der Tierpfleger ihr berichtete, wie es ihrem Schützling ging. Georg sah seine Frau mit gebührender Bewunderung an. „Eins muss man dir ja lassen. Da hattest du zwei wirklich gute Ideen. Darüber wird sich Greta bestimmt arg freuen." Er strich ihr über den Rücken. Mathilda betrachtete immer noch liebevoll den kleinen Plüsch-Koala. „Ja nicht wahr? Und ich werde hier beim Übereichen des Bumerangs sagen: „Unsere Freundschaft ist wie dieses Geschenk. Egal wie weit entfernt man voneinander ist, man kommt immer wieder zurück." Georg zog die Augenbrauen nach oben. „Ui, die Mamutschka wird philosophisch. Ich gehe mal lieber nach ausreichend Geschenk-papier suchen, bevor mir das hier zu geistreich wird."

Um kurz nach zwei standen Mathilda und Georg geschniegelt und gebügelt am Haus gegenüber vor Gretas Haustür und klingelten. Ein strahlendes und sehr gut gelauntes Geburtstagskind öffnete ihnen die Tür. „Ach wie schön, dass ihr da seid. Kommt rein, Werner ist auch schon da." Die Blomens gingen durch den Flur nach rechts ins geräumige Wohnzimmer. Es roch nach Kaffee, Kerzen und frischge-backenem Kuchen. Greta kam mit zwei Gläsern Sekt aus der Küche. „Kommt, lasst uns erstmal anstoßen. Ich fühle mich heute großartig." Werner sah sie liebevoll an. „Als wenn man das nicht sehen würde meine Butterblume. Du strahlst wie die aufgehende Sonne Australiens." Mathilda stellte ihr Glas beiseite. „Das ist doch mal ein gutes Stichwort. Schorsch, holst du mir mal die Geschenke bitte?" Georg ging zurück in den Flur, wo er den kunstvoll eingewickelten Bumerang und den in einer Geschenktüte platzierten „Plüsch-Pangari" abgestellt hatte. Beides übergab er Mathilda, die Greta zuerst den Bumerang mit dem von ihr eingeübten Spruch überreichte. Greta riss aufgeregt das Papier auf und stieß dann einen überraschten Schrei aus.

„Ohhh, wie toll. Ein echter australischer Bumerang. Sowas wollte ich die ganze Zeit schon mal, aber er war mir ehrlich gesagt ein wenig zu teuer." Mathilda konnte das verstehen, der Bumerang war, wenn man die Transport- und Lieferkosten noch dazu rechnete, wahrlich kein Schnäppchen gewesen. Aber ihre Freundin war ihr das allemal wert. „Und da steht ja sogar mein Name. Ach, das hättet ihr doch nicht gebraucht. So ein tolles Geschenk!" Greta umarmte erst Mathilda dann Georg ganz fest. „Das war ganz alleine Mathildas Idee. Du weißt doch, bei sowas verlasse ich mich ganz auf meine Frau." Er sah zu Werner, der zustimmend nickte. „Guck mal, da in der Tüte ist noch eine Kleinigkeit." Greta warf einen neugierigen Blick hinein und zog dann den Plüsch-Koala an den Ohren heraus. Sofort standen ihr Tränen in den Augen, die sie ganz schnell wegwischte. Sie drückte das Plüschtier ganz fest an sich und schloss für einen Moment die Augen. Australien war mit einem Mal wieder ganz nah. Werner stand auf und nahm sie in den Arm. „Der bekommt ab jetzt einen Ehrenplatz im Wohnzimmer, wo ich ihn jeden Tag sehen kann." Greta betrachtete ihren neuen Mitbewohner liebevoll. „Was hast du ihr eigentlich geschenkt?" Mathilda war die Sorte Mensch, die ganz direkt fragen konnte. Jetzt sah sie Werner herausfordernd an. Greta hob leicht die Augenbrauen und sah ihren Werner von der Seite an. Der grinste verschmitzt. „DAS meine lieben Freunde erfahrt ihr alle erst am Samstag. Auch Greta." Mathilda sah ihre Freundin fragend an, doch die zuckte nur mit den Schultern. „Er macht ein ganz großes Geheimnis daraus und verrät NICHTS. Ich befürchte, ich kann die nächsten Nächte nicht wirklich gut schlafen." Sie setzten sich alle zusammen an den bereits gedeckten Kaffeetisch und verbrachten einen gemütlichen Nachmittag zu viert.

„Hoch soll sie leben, Hoch soll sie leben, dreeeeiiimal hoch!"

Die ganze Gesellschafft ließ Greta lautstark und mit erhobenen Gläsern hochleben. Die stand mitten in Werners Garten, hatte eine Girlande um den Hals, ein Krönchen auf dem Kopf und strahlte glücklich. „Ach, ihr seid ja alle so süß." Verstohlen wischte sie sich eine Träne aus den Augenwinkeln. Jeder prostete ihr zu und dann schaute man sie erwartungsvoll an.

Greta schwante, dass man wohl eine Rede von ihr erwartete. Sie bedankte sich bei allen anwesenden Gästen, besonders aber bei Mathilda und ihrem Werner. Dann wollte sie eigentlich das Buffet eröffnen. Sie hatte sich vom Catering-Dienst ihres Lieblings-Restaurants beliefern lassen und wollte nicht, dass das Essen kalt wurde. Aber Werner trat zu ihr nach vorne und unterbrach sie. „Meine liebe Greta, du hast jetzt wahrlich genug Geduld bewiesen. Ich denke, es wird Zeit, dass ich dir MEIN Geschenk überreiche. Und fast könnte man meinen, Mathilda und ich hätten uns abgesprochen." Greta war gespannt. Sie erwartete eventuell noch ein Stofftier oder ein typisch australisches Souvenir. Auch die anderen Gäste schauten gespannt nach vorne, wo Werner jetzt in die linke Brusttasche seines Anzugs griff. Er zog einen Umschlag hervor und überreichte ihn Greta. „Mach ihn auf und erkläre deinen Gästen, was du siehst." Gretas Hände zitterten leicht, als sie den gut verklebten Umschlag öffnete. Drinnen befanden sich zwei Karten und ein Zettel, Diesen holte sie raus und starrte in der nächsten Sekunde ungläubig zwischen dem Zettel und Werner hin und her. Dann schlug sie die Hand vor den Mund und ihr entfloh ein lauter Schluchzer. Mathilda sah sie schon besorgt an, bis Werner bat: „Möchtest du deinen Gästen vielleicht vorlesen, was auf dem Zettel steht." Greta schnappte nach Luft und versuchte sich mühevoll zu sammeln. Dann las sie laut, von glücklichem Schniefen unterbrochen: „Meine geliebte Greta, so viel Schönes haben wir jetzt schon in der kurzen Zeit zusammen gesehen und erlebt. Nur eines fehlt noch: Ich möchte doch zu gerne deinen „Pangari" einmal persönlich kennenlernen. Und deshalb lade ich dich ein, im März mit mir drei Wochen nach Australien zu fliegen. Ich liebe dich von ganzem Herzen. Dein Werner"

Mathilda hatte schon nach der Hälfte des Zettels angefangen zu heulen, so sehr freute sie sich für ihre Freundin. Der Rest der Geburtstagsgesellschaft klatschte, während Greta die beiden Flugtickets aus dem Umschlag holte, damit wedelte, Werner um den Hals fiel und gar nicht mehr aufhören konnte, ihn abzuknutschen. „Du völlig Irrer" flüsterte sie in sein Ohr. Jeder kam nach vorne zu den beiden um Greta nochmal zu beglück-wünschen und um Werner auf die Schulter zu klopfen. „So, jetzt wird aber wirklich gegessen. Nehmt euch, was immer ihr wollt, es ist genügend da." Der Abend wurde noch lang, laut und sehr fröhlich. Thema war natürlich immer wieder die Australien-Reise, die Greta und Werner nun in einem halben Jahr antreten würden.

Mathilda saß neben Greta, beide hatten dem Sekt, mehreren Gläsern Wein und der Bowle schon reichlich zugesprochen und giggelten wie zwei Teenager. „Ich bringe Jack einfach mit nach Deutschland. Der würde dir bestimmt auch gefallen. Das ist so ein richtig knackiger Aborigine."

Mathilda schaute träumerisch in die Ferne während Greta ihr von Tierpfleger Jack vorschwärmte. Hach, so ein schöner langer

Urlaub in einem fernen Land wäre ja auch mal was, dachte sie so bei sich. Nicht immer nur wandern im Allgäu oder Wattwandern an der Nordsee. Mal irgendwo hin, wo es schön warm war. Fremde Kulturen und andere Länder kennenlernen. Aber dafür war ihr Georg eher weniger zu haben. Er fühlte sich am wohlsten, wenn er seinen Urlaubsort mit dem eigenen Auto oder notfalls noch mit dem Zug erreichen konnte. Und wenn die Menschen dort seine Sprache verstanden. Flugreisen waren noch nie etwas für ihn gewesen und auf ein Schiff brachte sie ihn erst recht nicht. Sie beneidete Greta klammheimlich um die Möglichkeit, ihrem grauen Alltag mal wieder völlig entfliehen zu können. „Ich könnte dir natürlich auch einen dieser hübschen Animateure mitbringen, die sich dort an den Stränden rumtreiben." Greta war völlig in ihrem Element. Mathilda kicherte. „Du solltest mich besser mitnehmen, dann suche ich mir den passenden Kerl alleine aus." Greta schlug sich an die Stirn. „Mensch Mia, das ist ja überhaupt DIE Idee. Fliegt doch mit nach Australien. Das wird bestimmt ganz fantastisch. Und ich könnte euch all das zeigen, was ich an diesem Land so liebengelernt habe." Mathilda winkte müde ab. „Vergiss es, das würde mein Schorsch niemals mitmachen. Du weißt doch wie er ist. Immer schön in der gewohnten Umgebung bleiben, nur nicht aus seinem gewohnten Trott ausbrechen.

Keine Risiken eingehen und schon gar nicht spontan sein." Mathilda klang missmutig, das ließ Greta aufhorchen. Eigentlich war sie die letzten Jahrzehnte immer davon ausgegangen, dass ihre Freundin und ihr Mann ein absolutes Traumpaar seien und Mathilda kam ihr auch immer ziemlich zufrieden und glücklich vor. Diesen seltsamen Unterton in deren Stimme fand sie daher seltsam. Aber Mathilda schüttelte auf Gretas fragenden Blick hin nur den Kopf. „Ach was, was soll ich denn in meinem Alter noch in Australien?" Jetzt prustete Greta in ihr halbvolles Weinglas. „Na hör mal, du bist gerade mal etwas über ein Jahr älter als ich. Und wir stehen ja wohl noch im allerbesten Saft, wie ich finde. Und ich wäre sehr dafür, dass ihr uns nach Australien begleitet. Warte mal…".

Schwerfällig erhob sich Greta von ihrem Stuhl und musste sich einen Moment an der Lehne festhalten.

„Hoppala, warum bewegt sich denn jetzt der Rasen auf einmal so?" Sie fixierte Werner auf der anderen Seite des Gartens mit ihrem Blick. Der stand dort gemeinsam mit seinem Sohn Andreas und seiner Schiegertochter Anja und unterhielt sich mit ihnen über die frisch angepflanzten Gemüsebeete. Als er seine Freundin mit entschlossenem Blick auf sich zu schwanken kommen sah raunte er Andreas zu: „Vorsicht die Kavallerie ist im Anmarsch." Greta stürmte auf ihn zu und fiel ihm um den Hals. „Schnuckiputz, Mia und ich haben gerade beschlossen, dass sie und Schorsch mitkommen nach Australien. Einverstanden?" Sie spitzte die Lippen und versuchte vergeblich, Werners Mund zu treffen.

Nach mehreren Versuchen erwischte sie ihn am Ohr. Werner hielt sie fest, während sie ihren offenbar schweren Kopf auf seine Schulter fallen ließ. „Na das ist doch mal eine grandiose Idee. Dann machen wir uns zu viert eine richtig schöne Zeit. Gib Mathilda am besten die Flugnummer, dann kann sie am Montag gleich noch zwei Plätze im Flieger nachbuchen." Anja hatte dem Gespräch eigentlich nur mit halbem Ohr zugehört, war sich aber ziemlich sicher, dass Greta da was völlig falsch verstanden haben musste. Sie wusste, dass ihr Vater niemals nach Australien fliegen würde. Dem war ja schon Italien viel zu weit weg. Ans andere Ende der Welt würde den mit Sicherheit keiner bringen. Sie schlenderte vor zu Ihrer Mutter, die mit ihrem Glas Wein in der Hand alleine auf der Terrasse saß. „Wo ist denn Papa?" Anja nahm sich einen Stuhl und setzte sich zu ihr. Mathilda sah sich suchend um. „Keine Ahnung, der wollte sich mit einem dieser Typen von Gretas Kegelclub um Bier-nachschub kümmern." Anja ließ ihre Blicke durch den Garten schweifen, dann fragte sie ganz beiläufig: „Greta hat gerade erzählt, ihr wollt gemeinsam mit ihnen nach Australien? Finde ich ja super, dass Papa das mitmacht. Ich dachte immer, der will nicht so weit weg." Mathilda nippte an ihrem Weinglas und machte verächtlich „pfff". Dann schwieg sie zunächst wieder und hing ihren Gedanken nach. Anja hakte nach. „Mama?" Jetzt sprudelte es aus Mathilda heraus, als hätte Anja mit diesem einzigen Wort gerade ein Ventil geöffnet. „Ach, ich habe so dermaßen die Schnauze voll. Tag für Tag, Jahr für Jahr die gleiche, eintönige Leier. Es passiert nichts wirklich aufregend Schönes, etwas Unerwartetes oder Neues. Kein Herzklopfen mehr, keine Schmetterlinge. Nur noch alte, blinde Tauben, die sich irgendwo im Magen-Darm-Trakt versteckt halten. Ich möchte endlich mal wieder das Gefühl haben zu leben, verstehst du? Nicht immer nur der Lakai der Familie sein oder auch mal wieder eine begehrenswerte Frau. Entschuldige, ich weiß, dass ist eigentlich kein Thema, dass eine Mutter mit ihrer Tochter besprechen sollte. Und es ist natürlich Humbug, dass dein Vater und ich zusammen nach Australien fliegen, das würde der niemals mitmachen. Ich weiß auch nicht, was in mich gefahren ist." Und als hätte man ihr den Stecker gezogen sackte sie in sich zusammen und wurde still. Anja war leicht erschrocken über den unvorhergesehenen Gefühlsausbruch ihrer Mutter und wusste auch nicht genau, was sie darauf erwidern sollte. „Weiß Papa wie du dich fühlst?" fragte sie vorsichtig. Mathilda schnaubte schon wieder durch die Nase. „Dem geht's doch gut. Er ist glücklich, hat alles, was er braucht. Wird umsorgt, bekocht, kriegt seine Wäsche gewaschen und mit ausreichend Zärtlichkeiten versorgt. Aber ich habe das Gefühl, ich bleibe irgendwie vollkommen auf der Strecke. Ja, er ist lieb und kümmert sich um mich. Und er hat immer ein offenes Ohr und gute Rat- schläge. Aber das alles hat Greta auch. Wo bleibt das Feuer, die Leidenschaft, dieses Gefühl, etwas Besonderes zu sein? So wie es Greta für Werner ist?" Mathilda merkte, dass sie stark aufpassen musste, ihrer Ältesten nicht den Kopf voll zu heulen. Der Alkohol machte sie weicher und gefühls- duseliger und sie merkte, wie es in ihren Augen verdächtig zu brennen begann. „Ahh, daher weht also der Wind. Du beneidest Greta gerade um dieses tolle „frisch verliebt"-Gefühl." Mathilda zuckte mit den Schultern.

„Vielleicht… aber vielleicht führt es mir auch gerade vor Augen, dass mir etwas fehlt. Ich muss da glaube ich mal darüber schlafen. Und das erscheint mir jetzt die beste Gelegenheit dafür." Sie gähnte. „Tu mir einen Gefallen und sag deinem Vater, dass ich schon Mal rüber ins Bett bin. Von Greta und Werner verabschiede ich mich schnell noch." Sie erhob sich vom Stuhl und richtete sich mühsam auf. Im Vorbeilaufen küsste sie ihrer Tochter auf den Kopf und winkte ihr wortlos. Anja blieb noch eine Weile sitzen und dachte darüber nach, was ihre Mutter gerade zu ihr gesagt hatte. Sie kannte dieses Gefühl nur zu gut und erinnerte sich an eine Situation damals auf Ronjas 18. Geburtstag. Da hatten die drei Schwestern und Doro darüber diskutiert, wie sie zu einer Affäre mit einem verheirateten Mann stehen würden. Damals war das Thema „Alex" noch sehr aktuell. Und sie hatte sich damals in ihrer Ehe mit Reiner so ähnlich gefühlt wie ihre Mutter offenbar jetzt. Wobei Reiner ein ganz anderer Mensch war als ihr Vater. Er war launisch, zynisch und ungerecht, alles Dinge, die man von Georg nun wirklich nicht behaupten konnte. Aber dafür war dieser ziemlich phlegmatisch, ließ sich immer weniger zu großen Gefühlsregungen hinreißen und lebte mehr oder weniger stoisch vor sich hin. Man konnte ihm keinesfalls absprechen seine Frau nicht mehr zu lieben, im Gegenteil. Aber Mathilda erinnerte nun an Gretas Beispiel daran, wie schön diese Phase der frischen Verliebtheit doch war und wünschte sich scheinbar wenigstens einen klitzekleinen Teil dieses Gefühls wieder zurück. Anja stand seufzend auf und suchte ihren Mann. Der stand immer noch bei seinem Vater und diskutierte mit ihm über den Einsatz von Pferdemist als Dünger auf den Erdbeeren. „Na mein Schatz, alles gut? Du siehst müde aus. Was hatte deine Mutter denn vorhin? Sie sah nicht wirklich glücklich aus." Er gab ihr einen sanften Kuss auf die Stirn und Anja gähnte. Sie merkte erst jetzt, dass sie das Gespräch mit ihrer Mutter angestrengt hatte. „Ja, ich bin ein wenig müde. Das mit Mama erzähle ich dir morgen. Hast du meinen Papa gesehen?" Andreas, Anja und Werner sahen sich suchend um. Sie entdeckten Georg bei Gretas und Werners Kegelfreunden und beobachteten erstaunt, wie er mit Helga zu flirten schien, eine der Kegelschwestern. Anja ging auf ihn zu. „Natürlich würde ich gerne mal mit euch kegeln kommen. Wann hat man schon mal die Möglichkeit, sich in so charmanter Gesellschaft sportlich zu betätigen?" Georg zwinkerte der Dame verschwörerisch zu. Anja, die in diesem Augenblick hinter ihm stand tippte ihm auf die Schulter. Leicht süffisant fragte sie ihn: „Na, amüsierst du dich? Mama hat dich vorhin gesucht." Georg drehte sich um und legte den Arm um Anjas Hüfte. „Kind, darf ich dir Helga vorstellen? Sie kegelt zusammen mit ihrem Mann mit Greta und Werner. Sie hat mich gerade gefragt, ob ich nicht mal einen Abend mitmachen würde. Ist das nicht nett? Helga, das ist meine älteste Tochter Anja." Wieder strahlte er sein Gegenüber an. Anja wand sich aus seinem Arm. „Ja, ganz schrecklich nett sogar. Und die Einladung gilt natürlich für zwei, oder wolltest du Mama da vielleicht zuhause lassen?" Georg druckste ein wenig herum, was wiederum Anja völlig unerwartet auf die Palme brachte. Lauter und giftiger als beabsichtigt meinte sie: „FALLS du Mama übrigens suchen solltest, die ist schon mal nach Hause gegangen. Ihr ging es nicht so gut. Aber du kannst ja gerne noch länger hier bei deiner neuen Bekanntschaft stehen und dich vergnügen." Sie drehte sich auf dem Absatz um, stampfte wutschnaubend zurück zu Andreas und dessen Vater und ließ einen ziemlich verblüfften Georg zurück. Werner sah seiner Schiegertochter sofort an, dass irgendetwas nicht stimmte. „Ui, was ist dir denn jetzt für eine Laus über die Leber gelaufen? Hat dich wer geärgert?" Auch Andreas sah seine Frau fragend an.

„Ach, vergesst es. Wahrscheinlich rege ich mich völlig grundlos auf. Bleiben wir noch lange?" fragte sie, an Andreas gewandt.

„Nein, ich hatte meinem Vater gerade gesagt, dass wir uns dann auf den Heimweg machen. Die Kinder müssen ja schließlich auch in ihr Bett." Leonie und Lennox saßen in Werners Wohnzimmer auf der Couch und schauten eine DVD, die kleine Louisa schlief im Gästebett. Anja nahm sie vorsichtig auf den Arm und brachte sie zum Auto. Sie quengelte ein wenig, schlief aber sofort weiter. Auch Leonie und Lennox rieben sich müde die Augen. „Danke Greta für die Einladung, es war ein wirklich schöner Abend. Wenn du die nächsten Tage mal Zeit hast dann sieh doch mal nach Mama bitte. Ich glaube, die hat Redebedarf." Anja umarmte Greta und Werner zum Abschied, dann machten sie, Andreas und die Kinder sich auf den Heimweg. Als sie später neben Andreas im Bett in seinem Arm lag, dachte sie nochmal über die Äußerungen ihrer Mutter und das seltsame Verhalten ihres Vaters nach. „Ich glaube, ich werde mal mit den Beiden ein ernstes Wort reden müssen." Andreas streichelte ihr über die Arme. „Mach das, aber erst morgen bitte. Heute hätte ich gerne noch meine Frau neben mir im Bett und nicht Frau Doktor Siglinde Freud." Er begann sie zärtlich zu berühren und Anja begann zu kichern. „Bist du dir sicher? Ich würde mich auch gerne mal um DEINE psychischen Abgründe kümmern."

Andreas zog sie näher zu sich heran und flüsterte rau: „Hier gibt es ganz andere Dinge, um die du dich kümmern solltest…

„Wenn das so weitergeht brauche ich demnächst einen kompletten Schrank voller neuer Klamotten."

Mathilda stöhnte und öffnete mit einem erleichterndem Aufseufzer den obersten Knopf ihrer Hose. „Diese vielen Geburtstage rauben mir in absehbarer Zeit mit Sicherheit mein Idealgewicht." Mathilda war schon immer ziemlich schlank, in letzter Zeit fühlte sie sich aber immer zunehmend fetter und unattraktiver. Auch wenn kein anderer in ihrem Umfeld dieser Meinung zu sein schien. Ronja räumte den Rest vom Abendessen Geschirr in die Küche. Georg war draußen im Hof und rauchte seine abendliche Zigarette. Eigentlich wäre Ronja gerne mit ihm gegangen, aber Georg war einfach stumm an ihr vorbei nach draußen marschiert.

„Naja, nachdem ja jetzt meiner und Louisas Geburtstag vorbei ist, ist ja erstmal „Schlemmerpause."

Das nächste große Fest ist ja erst Weihnachten." Louisa war am 10. Oktober zwei Jahre alt geworden, und Ronja gestern 22. Beides hatten die Blomens gebührend gefeiert, jetzt war die nächste Zeit Ruhe, was größere Feste betraf. „Wenn du mich nicht mehr brauchst würde ich schon mal hochgehen und noch ein paar Sachen einpacken. Außerdem will ich noch mit Marco telefonieren." Mathilda stand auf und ging Richtung Küche. „Geh ruhig, ich spüle noch die Pfanne und mache klar Schiff, dann ist hier Feierabend für heute." Ronja sagte ihrem Vater noch Gute Nacht. Der stand gedankenverloren vorne am Zaun und blies Rauchkringel in den herbstlichen Abendhimmel. Er drehte sich um und winkte.

„Schlaf gut mein Mädchen, bis morgen." Sprach´s und drehte sich wieder um. Ronja blieb noch eine Weile nachdenklich stehen. Dann sprintete sie die Treppe hoch in ihr Zimmer und schnappte sich ihr Handy. Marco hatte ihr schon drei Nachrichten geschickt. Und jedes Mal hängte er ein „Ich vermisse dich so" an den Schluss der

Nachrichten. Ronja bekam Herzklopfen und ihre Schmetterlinge, die sich seit Marcos Anwesenheit in ihrem Leben in ihrem Bauch tummelten, vollführten einen Freudentanz. Sie setzte sich an ihren Schreibtisch und rief ihn an.

„Hallo mein Engel, wie geht es dir?" Ronja musste fast zwangsläufig schon wieder lächeln, wenn er sie so ansprach. „Mir geht es gut, außer dass du mir wahnsinnig fehlst. Aber das hat ja bald ein Ende. Übermorgen um die Zeit bin ich schon wieder bei dir." Sie hörte Marco am anderen Ende der Leitung seufzen.

„Ja, das wird jetzt auch allerhöchste Zeit. Ich halte es nämlich kaum noch aus. Weißt du schon, welchen Zug du nimmst?" Ronja blätterte in den Unterlagen, die sie sich für die Reise zurechtgelegt hatte. „Um 09:20 Uhr fährt der Zug in Mannheim los, das heißt, ich bin mit umsteigen ungefähr gegen 16:00 Uhr in Interlaken." Sie unterhielten sich noch mindestens eine Stunde, keiner wollte wirklich auflegen und Tschüss sagen. „Wenn ich jetzt nicht aufhöre mit dir zu telefonieren komme ich nicht mehr dazu, meine restlichen Sachen zu packen." Sie warf ihm noch einen Kuss durch den Hörer und ging dann ihre

„Packliste" durch. Da das nämlich beim letzten Mal so gut funktioniert hatte, hatte sie sich für den jetzigen Aufenthalt ebenfalls wieder für das praktische System ihrer Mutter entschieden.

„Kommst du mit ins Bett oder übernachtest du hier im Hof?" Mathilda stand an der Haustür und hatte ihre dünne Jacke eng um sich geschlungen. Die Abende wurden jetzt im Oktober doch schon wieder recht kühl. Georg stand immer noch vorne am Zaun und hatte sich, entgegen seiner sonstigen Gepflogenheiten, eine zweite Zigarette angezündet. Und entweder er hatte seine Frau tatsächlich nicht gehört oder er ignorierte sie gerade gekonnt.

„He Schorsch. Komm rein, bevor du dich noch erkältest. Ich geh schon mal nach oben." Georg nickte im Halbdunkeln und war sich bewusst, dass Mathilda das wohl kaum gesehen haben konnte. Seit der Geburtstagsfeier von Greta ließ ihn ein ganz bestimmter Gedanke nicht mehr los. Er wollte aber noch nicht mit Mathilda darüber reden. Erstens wollte er weder falsche Hoffnungen wecken noch wollte er sie verletzen. Und zweitens war er sich seiner Gefühle selbst überhaupt noch nicht sicher. Natürlich merkte Mathilda, dass ihn etwas bedrückte. Aber er wiegelte sie jedes Mal mit einem nicht sehr liebevollen „Ach was, es ist alles gut" ab. Mathilda hatte es irgendwann aufgegeben, die sehr kühle Stimmung zwischen ihm und ihrem Georg belastete sie allerding sehr. Anja hatte sich ein paar Tage nach Gretas Geburtstagsfeier ihren Vater mal zu Seite genommen und ihn auf sein seltsames Verhalten angesprochen. Aber auch ihr gegenüber war er nicht wirklich mit der Sprache herausgerückt. „Macht euch mal keine Gedanken, es ist alles in Ordnung. Ich muss nur einfach mal ein wenig nachdenken. Und es wäre nett, wenn ihr mich nicht dauernd alle darauf ansprechen würdet." Damit war für ihn die Sache erledigt, während der Rest der Familie sich daraufhin natürlich erst recht Gedanken machte. Mathilda lag schon im Bett, als sie Georg neben an ins Bad gehen hörte. Und dann hörte sie etwas, was ihr in letzter Zeit schon öfter aufgefallen war:

Georg telefonierte. Meistens heimlich und sehr leise. Sie hörte ihn sogar ganz kurz leise lachen. Als er nach einer gefühlten Ewigkeit wieder zurückkam legte er sich neben sie und drehte sich sofort Richtung Wand. Mathilda murmelte noch „Gute

Nacht". Georg erwiderte mit einem "Schlaf gut" und war dann offenbar ziemlich schnell eingeschlafen während Mathilda noch sehr lange wach und mit offenen Augen auf ihrer Bettseite lag und grübelte. Am nächsten Tag gab es in „Gittis süßer Schmiede" eine Art kleines Abschiedsfest für Ronja. Sie setzten sich nach Feierabend alle in den Aufenthaltsraum, Thomas hatte für Ronja sogar eine kleine Torte gebacken in rot-weiß, den Nationalfarben der Schweiz.

„Ach Leute, ich bin doch in vier Wochen wieder da. Denkt euch einfach, ich wäre nochmal im Urlaub. Und ich verspreche euch, ich bringe viele wunderbare Ideen mit." Thomas kaute und nickte gleichzeitig zustimmend. „Das wollen wir doch aber auch schwer hoffen. Immerhin lassen wir unser bestes Pferd im Stall auf die Schweizer los." Ronja errötete leicht, es war ihr peinlich, in Gegenwart der anderen so gelobt zu werden. „Ach komm schon, ihr habt doch einen echt tollen Ersatz für mich gefunden." Das stimmte, Sandra, die neue Konditorin im Team machte einen echt guten Job. Und sie passte perfekt ins Team, war freundlich, immer gut gelaunt und sehr pflichtbewusst. Aber Thomas quälte ja nicht nur der Gedanke, dass Ronja jetzt wieder vier Wochen nicht da sein würde. Er hatte mittlerweile herausgefunden, dass es Ronja auch wegen der Liebe schleunigst wieder zurück in die Schweiz zog und war dementsprechend enttäuscht und ziemlich traurig. Ganz tief im Grunde seines Herzens und seiner kaum realisierbaren Gedanken hatte er immer noch die Hoffnung, Ronja würde eines Tages merken, wie sehr er sie doch liebte. Immerhin hatte sie die letzten drei Jahre überhaupt keinen Freund gehabt, soweit er wusste nicht mal eine Liebschaft. Und er konnte von sich behaupten, dass er ziemlich viel von Ronja wusste. Immerhin hatten sie tagtäglich Kontakt und waren auch privat mehr als gut befreundet. Aber wenn er sich in stillen Stunden so vor den Spiegel stellte und sich betrachtete wusste er, dass er niemals eine Chance bei der jungen, bildhübschen Frau haben würde. Umso mehr genoss er es, wenn sie zusammen in der Backstube standen oder an den Wochenenden auch mal miteinander durch diverse Odenwälder Kneipen zogen. Es war immer lustig und Thomas hatte hin und wieder angedeutet, dass er so viel mehr für Ronja empfand als

nur Freundschaft. Die hatte aber jedes Mal nur gelacht und dann gemeint: „Dann würde ich dich als guten Freund verlieren, und das will ich ja nun wirklich nicht."
Auch Horst, ihrem Chef, tat es leid, dass Ronja nun wieder längere Zeit nicht da sein würde. Sie brachte Fröhlichkeit und Lachen in die Backstube und trug immer zu einem sehr angenehmen Arbeitsklima bei. Ronja hingegen war einfach nur aufgeregt. Sie konnte es kaum glauben, dass sie in wenigen Stunden wieder zurück in Marcos Armen sein würde.

„Macht doch einfach einen Betriebsausflug und kommt mich alle zusammen in Brienz besuchen. Im Herbst ist es herrlich in der Schweiz." Gitti sah ihren Mann Horst an.

„Das ist ja gar keine so schlechte Idee. Pass nur auf, wenn wir dann zu fünft bei dir einmarschieren und die Eidgenossen völlig durcheinanderbringen."

Horst lachte schallend. „Jetzt genieß du mal das Privileg, ganz nah am Ort des Schokoladen-Geschehens sein zu können. Und wenn du wieder da bist schauen wir mal, was du uns für neue Ideen mitbringst und was wir an unseren Schokoladen-rezepten noch verändern können."

Um halb fünf nachmittags war Ronja zuhause. Ihre Chefin und ihr Chef hatten ihr noch eine Konditorenschürze mit ihrem Namen geschenkt. Hinten auf der Schleife befand sich rechts und links jeweils die Schweizer Flagge. Ronja packte sie sorgsam in den Koffer und verschloss ihn dann. „Richte Rosa und Karl liebe Grüße aus, ich werde sie morgen Abend mal anrufen. Ronja und ihre Eltern saßen nach dem Abendessen noch zusammen am Esszimmertisch. Georg hatte seine Lesebrille auf der Nase und studierte das abendliche Fernsehprogramm. Er lächelte Ronja zu. „Und wenn sie dir zu sehr auf den Geist gehen dann darfst du ruhig auch mal ein wenig direkter werden. Die sind den Umgang mit jungen Leuten nicht gewohnt. Mamutschka, würdest du bitte noch den Umschlag aus dem Küchenschrank holen?" Ronja feixte. Sie durfte während der nächsten vier Wochen das Gästezimmer mit dazugehörigem Bad im Chalet ihres Onkels und ihrer Tante nutzen und war darüber sehr dankbar. Mathilda kam zurück und hatte einen Umschlag in der Hand. Sie drückte ihn Georg in die Hand und legte ihre Hand auf seine Schulter. Er griff nach ihr und überreichte gleichzeitig

Ronja das Kuvert. „Hier, dass du dir in deiner Freizeit auch ein wenig was gönnen kannst." Ronja linste in den Umschlag. Drinnen befanden sich 1000,- Euro. Ronja sah ihren Vater verblüfft an. „Aber Papa, ihr müsst mir doch nichts mitgegeben. Ich verdiene doch auch genug und werde wahrscheinlich auch nicht viel Zeit zum Geld ausgeben haben. Schließlich ist das ja dieses Mal kein Urlaub, sondern Arbeit." Georg tätschelte die Hand seiner Frau, die immer noch auf seiner Schulter lag. „Nimm das ruhig mit, Geld kann man doch immer gebrauchen. Und zur Not tankst du einfach mal." Mathilda drückte erschrocken ihre Hand zusammen und kniff Georg in die Schulter. Der reagierte mit einem überraschten „Aua" und schlug sich dann an die Stirn. „Ach, ich bin ja doof. Du hast ja gar kein Auto dabei. Ich Dummerchen aber auch." Ronja war zwar leicht irritiert, ließ es sich aber nicht anmerken. Sie drückte ihre Eltern beide und gähnte dann demonstrativ. „Wann fahren wir morgen?" Georg und Mathilda wollten Ronja nach Mannheim an den Bahnhof bringen. „Ich denke, wir machen uns hier so gegen halb acht los, dann haben wir noch ein wenig Luft.

Und das passt auch für die anderen."
Wieder ein kleiner Kniff von Mathilda.
Georg stotterte: „Also für die anderen
Verkehrsteilnehmer wollte ich sagen."
Ronja zog kurz die Augenbrauen nach
oben, beließ es aber dann dabei. „Dann
gehe ich jetzt schlafen und bin gegen halb
sieben unten zum Frühstück." Mathilda
lächelte sie fürsorglich an. „Schlaf gut mein
Schatz. Bis morgen." Auch Georg
wünschte ihr Gute Nacht und widmete
sich dann wieder stillschweigend seiner
Fernsehzeitung. Mathilda sah ihn noch
eine ganze Weile stumm an und machte
sich dann seufzend daran, die Küche
aufzuräumen.
Am nächsten Morgen saß Ronja pünktlich
um halb sieben in der elterlichen Küche
und trank gerade einen Schluck Kaffee, als
ihr Vater die Tür reinkam. Er war frisch
geduscht und schon fix und fertig ange-
zogen. Wie Ronja leicht erstaunt bemerkte,
hatte er sein gutes Hemd an und eine
schwarze Jeanshose. Das Hemd saß sehr
körperbetont und Georg zuppelte nervös
an den Knöpfen herum. „Also ich muss
echt aufhören mit dieser ständigen
Kalorienzufuhr" murmelte er vor sich hin.
Gleich danach kam Mathilda in die Küche.

Auch sie sah wirklich gut aus, sie trug eine schicke graue, weite Hose und ein enges langärmeliges, geblümtes Oberteil. Dazu schwarze Pumps und einen schmalen schwarzen Gürtel. Ihre dunklen Haare hatte sie toll geföhnt und sie fielen ihr in weichen Wellen auf die Schultern. Ronja pfiff durch die Zähne und in Georgs Augen blitzte ein gewisser Besitzerstolz. „Sagt mal, hab ihr noch etwas Bestimmtes vor oder warum habt ihr euch so herausgeputzt?" Mathilda hatte Hörnchen aufgebacken, und Ronja schaufelte sich gerade dafür Marmelade auf den Teller. Sie sah ihrer Mutter zu, wie die sich gerade ein paar goldene Creolen in ihre Ohrlöcher fummelte. Georg gab ihr auf seinem Weg zur Kaffeemaschine einen Kuss auf die Wange und flüsterte ihr ins Ohr: „Du siehst wirklich wunderschön aus."

Mathilda schluckte. Das war seit Wochen das Schönste, was er zu ihr gesagt hatte. Er war die letzte Zeit mehr als verschlossen und in sich gekehrt gewesen, heute wirkte er munter und auffallend gut gelaunt. Und prompt wurde sie wieder skeptisch. Hatte seine plötzliche gute Laune etwas mit seinen heimlichen Telefonaten zu tun? Sie sah ihren Mann an und ihr Herz zog sich zusammen vor Liebe, Wut, und Traurigkeit. Lange würde sie sich das nicht mehr mit ansehen. Sie musste Georg darauf ansprechen, dass sie wusste, dass er offenbar eine andere hatte. Aber jetzt würden sie zunächst Ronja an den Bahnhof bringen. Die sollte von der Traurigkeit ihrer Mutter nichts mitbekommen. Gegen viertel nach sieben packte Georg die Taschen ins Auto.

„Einsteigen Mädels. Ich komme mir vor, als hätten wir das vor gar nicht allzu langer Zeit schon mal gemacht." Ronja saß auf dem Rücksitz und konnte es kaum abwarten, im Zug zu sitzen. Der würde sie in etwas mehr als fünf Stunden direkt in Marcos Arme befördern. Georg sah im Rückspiegel das glückliche Gesicht seiner Tochter. „Na, du freust dich bestimmt sehr auf deinen Marco, stimmt´s? Ich bin ja mal gespannt, wann wir ihn mal kennenlernen dürfen." Dabei zwinkerte er Mathilda auf dem Beifahrersitz zu. Die lächelte zurück und musste dabei aufpassen, dass ihr Gesicht nicht zu einer Maske wurde. Um viertel vor neun waren sie am Hauptbahnhof in Mannheim angelangt. Georg wuchtete den Koffer aus dem Kofferraum und Ronja nahm ihre Reisetasche über die

Schulter. Gerade, als sie ihre Jacke zumachen wollte sah sie Finja um die Ecke des Eingangs kommen. Freudestrahlend lief sie auf sie zu.

„Ach das ist aber schön, dass du extra nochmal hergekommen bist um mir Tschüss zu sagen." Sie fiel ihrer Schwester um den Hals. Die grinste breit. „Na hör mal, das lass ich mir doch nicht entgehen." Sie sah zu ihren Eltern. „Alles gut bei euch beiden?" Georg nickte zufrieden, Mathilda enthielt sich jeglicher Reaktion. Ronja wandte sich an ihre Mutter. „Hast du meine Fahrkarte? Ich würde dann nämlich gerne mal Richtung Bahnsteig gehen." Ihre Mutter hatte sich um den Ausdruck kümmern wollen. Mathilda suchte fieberhaft in ihrer Tasche. Dann schaute sie in die Runde und zuckte mit den Schultern. „Es tut mir leid, die muss ich in der Eile wohl zuhause vergessen haben. Und jetzt?" Ronja war sprachlos. Das konnte doch jetzt nicht wahr sein. Es war natürlich viel zu spät, um wieder nach Hause zurück zu fahren um die Fahrkarte zu holen. Aber noch mehr verwunderte sie die Reaktion ihres Vaters und ihrer Schwester. Die standen nämlich völlig teilnahmslos dabei und regten sich keinen Meter auf.

Das verstand Ronja nun überhaupt nicht. Zumindest von ihrem Vater hatte sie einen gewissen Vorwurf gegenüber der offensichtlichen Vergesslichkeit seiner Frau erwartet. Der aber guckte nur interessiert in der Gegend umher und kümmerte sich nicht die Bohne darum, dass Ronja gerade gefährlich nah einem Nervenzusammenbruch vorbeischlitterte. „Hallo, würde mir mal einer sagen, was ich jetzt machen soll??" Vor lauter Frust und Hilflosigkeit raufte sie sich die Haare. Finja eilte sofort zu ihr. „Lass das um Gottes Willen, wir wollen doch nicht, dass du gleich aussiehst wie ein gerupftes Huhn."

Ronja ging die Ruhe, die ihre Familie gerade weghatte, gewaltig gegen den Strich. „Seid ihr denn von allen guten Geistern verlassen??" Jetzt wurde sie so laut, dass die umstehenden Passanten neugierig zu der kleinen Gruppe hinschauten. „Wie komme ich denn jetzt bitteschön hier weg?" Mathilda, die das Ganze ja eigentlich zu verantworten hatte, sah an Ronja vorbei und meinte dann leicht stoisch: „Wie wäre es denn mit einem Auto?" Auch ihr Vater sah jetzt die gleiche Richtung und äußerte: „Gar keine so schlechte Idee wie ich finde." Ronja sah beide an, als hätten sie gerade vollends den Verstand verloren. Dann drehte sie sich um und folgte dem Blick ihrer Eltern.

Sekunden später erstarrte sie. Marco! Das da vorne war Marco, der mit federnden Schritten und einem strahlenden Lächeln auf dem Gesicht auf sie zu kam. Sie war nicht in der Lage sich zu rühren, geschweige denn, etwas zu sagen. Als er endlich vor ihr stand fehlten ihr immer noch die Worte. Marco nahm sie ganz fest in den Arm und raunte ihr ein „Hallo mein schöner Engel" ins Ohr. Dann erst wurde ihr klar, dass sie das alles scheinbar nicht träumte und jubelnd fiel sie ihm um den Hals. Finja und ihre Eltern sahen den beiden zu und schmunzelten. „Was machst du denn hier? Wo kommst du denn her und woher weißt du, wo ich wann bin?" Ronja sprudelte nur so über vor völliger Verblüffung, Ratlosigkeit und schierer, unbändiger Freude. Marco hielt sie weiterhin fest im Arm, während er zuerst Mathilda, dann Georg und zum Schluss Finja die Hand reichte.

„Jetzt darf ich mich endlich auch mal persönlich vorstellen: Mein Name ist Marco Gasser und ich freue mich sehr, Ihre Bekanntschaft zu machen."

Wohlwollend betrachtete Mathilda den gut erzogenen und sehr adretten jungen Mann. Sie konnte Ronja mehr als gut verstehen, dass er ihr völlig den Kopf verdreht hatte. Marco trug eine legere Jeans, ein Hemd und eine Jacke aus weichem, hellbraunem Leder. Er wirkte sehr gepflegt und strahlte eine äußerst angenehme Art aus. Georg legte den Arm um Mathildas Hüfte und merkte nicht, wie sie sich leicht verkrampfte. Er schüttelte Marco die Hand. „Hallo Marco, schön Sie kennenzulernen. Ich bin Georg, das ist meine liebe Frau Mathilda und das hier unsere mittlere Tochter Finja." Bei dem „meine liebe Frau" hätte Mathilda gerne kurz höhnisch gelacht, verkniff sich aber jede Reaktion. Sie lächelte Marco freundlich an. Dann wandte sie sich an Ronja. „Dein Marco hat sämtliche Hebel in Bewegung gesetzt, um dich heute hier zu überraschen. Er ist extra nochmal zu Rosa und Karl gefahren um dort unsere Telefonnummer rauszubekommen. Dich wollte er ja nicht fragen. Und dann haben wir jetzt schon öfter miteinander telefoniert, bis der komplette Plan stand." Ronja blickte weiterhin unfassbar ungläubig aus der Wäsche. Marco sah ihr in die Augen.

„Mein Vater hat mir sein Auto geliehen, „Urs" wollte ich diese Strecke nun wirklich nicht zumuten." Jetzt musste Ronja lachen. „Oh, was seid ihr doch für eine verschwörerische Bande allesamt. Und lass mich raten.." Sie drehte sich zu Finja um. „DU bist auch nur da, um dir Marco mal von nahmen zu betrachten." Finja nickte zustimmend. „Natürlich, ich habe ja gesagt, dass ich mir das nicht entgehen lasse." „Und jetzt weiß ich auch, warum ihr zwei euch so fein gemacht habt." Augenzwinkernd sah sie zu ihren Eltern. Marco schnappte sich Ronjas Koffer. „Kommt ihr noch mit zum Auto?" fragte er an den Rest der Familie gewandt. Die sahen sich an. „Wenn wir nicht stören gerne. Dann können wir uns wenigstens noch verabschieden." Zu fünft liefen sie zurück zum Parkplatz auf einen metallic-grauen 5er BMW zu. Georg pfiff leise durch die Zähne. „Alter Schwede, das ist ja mal ein Geschoss. Ich hoffe, Sie bringen unser Kind damit sicher und wohlbehütet ans Ziel." Marco lud die Gepäckstücke in den Kofferraum. „Machen Sie sich keine Sorgen Herr Blomen. Ich werde auf ihre Tochter aufpassen wie auf mein eigenes Leben."

Er sah Ronja so liebevoll an, dass Mathilda schon wieder schlucken musste. Sie hätte sowieso schon wieder heulen können, weil sie ihr Kind jetzt wieder vier Wochen lang nicht sehen würde. Die Liebe, die Marco ganz offensichtlich für Ronja empfand und ihre eigene, momentan sehr zweifelhafte Situation rund um ihre Ehe hatte sie die letzte Zeit emotional schwach werden lassen. Sie biss sich auf die Lippen. Nur jetzt nichts anmerken lassen. Sie wollte, dass Ronja glücklich war, wenn sie gleich ins Auto stieg. „Wollen wir noch einen Kaffee zusammen trinken oder habt ihr es eilig?" Marco sah fragend in die Runde. Und zum Erstaunen aller antwortete Georg: „Fahrt ihr mal, dass ihr noch etwas vom Tag habt. Wir haben sowieso noch etwas anderes vor."

Argwöhnisch sah Mathilda ihren Mann an. „So, haben wir das?" Georg überhörte ihren Einwand und drückte Ronja an sich. „Viel Spaß in der Schweiz, zeig denen mal, was du so draufhast. Und meldet euch, wenn ihr angekommen seid." Dann ließ er seine Tochter los und machte den Weg frei für Mathilda. Die drückte sie ganz fest an sich und konnte sekundenlang erstmal gar nichts sagen. Dann sagte sie mit belegter

Stimme: „Mach´s gut mein Schatz, ich wünsche dir ganz viel Spaß und Erfolg. Genieße die Zeit, ich gönne es dir von Herzen." Ronja merkte, dass ihre Mutter etwas bedrückte. Sie hielt sie ganz fest. „Keine Angst Mama, in vier Wochen bin ich wieder daheim. Und dann habe ich bestimmt ganz viel gelernt und kann euch richtig viel erzählen. Ich melde mich, so oft ich kann, versprochen." Sie machte sich los und drückte gleich noch ihre Schwester. „Wir sehen uns in vier Wochen wieder, ich bringe euch auch ganz viel Schokolade mit. Sag Doro ganz liebe Grüße." Dann flüsterte sie ihrer Schwester ins Ohr: „Und pass mir ein bisschen auf Mama auf, ja?" Marco hielt Ronja die Beifahrertür auf und ließ sie einsteigen. Als er sie mit einem dumpfen Geräusch geschlossen hatte und auf dem Weg zur Fahrerseite war fiel ihm Mathilda völlig unvermittelt um den Hals. „Passen Sie gut auf meine Tochter auf, ja?" Marco war zwar von dem etwas überraschenden Angriff leicht überrumpelt, reagierte aber sofort und versprach auch Mathilda, auf Ronja aufzupassen wie auf seinen Aug-apfel. Dann startete er den Motor, reihte sich in die Abbieger Spur ein, hupte nochmal kurz und weg waren die beiden.

Mathilda atmete tief durch. Finja wandte sich ebenfalls zum Gehen. „Ich muss heute noch nach Stuttgart und komme erst am Samstag zurück. Wir telefonieren." Sie warf ihren Eltern eine Kusshand zu und verschwand. Mathilda drehte sich zu Georg um und raunzte ihn an. „Würdest du mir mal verraten, was WIR BEIDE noch so Wichtiges vorhaben, dass wir keine Zeit für unsere Kinder haben?" Sie beherrschte sich nur mit Mühe, am liebsten hätte wäre sie auf dem Absatz umgedreht und hätte Georg stehen lassen. Der nahm sie beschwichtigend am Arm.

„Komm mein Schatz, ich würde dir gerne etwas erzählen. Und das möchte ich weder zuhause, noch in Anwesenheit eines unserer Kinder." Widerstrebend ließ sich Mathilda führen und lief neben ihm her wie ein trotziges Kind. Er ging mit ihr in ein nahegelegenes Café und suchte einen Tisch etwas abseits vom Geschehen. Der herbeieilenden Kellnerin sagte er: „Bringen Sie uns bitte zwei Kaffee, zwei Stück Schwarzwälder Kirsch und zwei Gläser Sekt." Mathildas ganzer Körper stand unter Anspannung und ihre Körpersprache zeigte deutliche Abwehr.

Äußerlich blieb sie ruhig, innerlich brodelte sie wie ein unter Druck stehender
Dampfkochtopf. Als die Kellnerin das von
Georg Gewünschte auf den Tisch stellte
fauchte sie leise: „Was gibt das jetzt hier?
Möchtest du mit mir jetzt das Ende unserer
Ehe feiern? Die nächste steht ja schon in
den Wartelöchern, wenn mich nicht alles
täuscht. Schämen solltest du dich!" Ihr
Augen verengten sich zu Schlitzen und sie
wurde hochrot im Gesicht vor unter-
drücktem Zorn. Georg sah sie völlig
entgeistert an. „Was in aller Welt redest du
denn da??" Sein Blick war leicht entsetzt,
mit solch einem Gefühlsausbruch seiner
Frau hatte er nun überhaupt nicht
gerechnet. Und Mathilda wütete munter
weiter. „Glaubst du denn wirklich, ich
hätte nicht bemerkt, wie du dich immer
mehr von mir abwendest? Du beachtest
mich überhaupt nicht mehr, wir reden
kaum noch miteinander und ich weiß
nicht, wann du mich das letzte Mal berührt
hast. Du hast dich total verändert, aber
komischerweise erst seit Gretas Geburtstag. Seit du dort diese Helga kennengelernt
hast. Und dachtest du, ich merke nicht, wie
du heimlich mit ihr telefonierst? Sogar
letztens abends im Bad, als du kurz danach

zu MIR ins Bett gekrochen kamst. Pfui, ich kann dir gar nicht sagen, wie widerlich ich dein Verhalten finde. Na wenigstens hast du jetzt offenbar genügend Eier in der Hose, um endlich mit mir Schluss zu machen. Oder hat sie dich etwa unter Druck gesetzt? Sie will dich doch bestimmt so schnell wie möglich für sich alleine haben, stimmt´s?"

Mathilda hatte sich so sehr in Rage geredet, dass sie nicht mal bemerkte, dass ihr die Tränen übers Gesicht liefen. Georg nahm ihre Hand und drückte sie fest. „Du hörst mir jetzt mal ganz gut zu." Er fixierte ihre Augen und versuchte sie mit seinem Blick zum Schweigen zu bringen.

„Ich weiß zwar nicht genau, wie du auf so einen hanebüchenen Blödsinn kommst, aber da gibt es keine andere und wird es auch nie geben. Ich liebe dich und unsere Familie über alles und würde dir niemals weh tun. Und ich war mir eigentlich sicher, du wüsstest das. Ja, ich habe mit Helga telefoniert, ein paarmal sogar." Mathilda machte laut und vernehmlich „Pft" und wollte Georg ihre Hand wieder entreißen. Der aber hielt sie weiterhin fest und sprach leise weiter.

„Falls du es nämlich noch nicht wusstest: Helga arbeitet in dem Reisebüro, in dem Werner die Australienreise für Greta gebucht hat. Und ich weiß doch, dass ihr beide darüber geredet habt, ob du und ich nicht mitfliegen würden. Werner hat es mir erzählt. Und ich weiß auch, dass du der Meinung bist, dass ich ja so überhaupt nicht flexibel und spontan bin und deshalb im Leben nicht mit dir, Greta und Werner nach Australien fliegen würde. Und ja, ich bin überhaupt kein Freund von Flugzeugen oder allem anderem was sich anders fortbewegt als ein Auto oder meine Füße. Aber für dich wollte ich diese Angst unbedingt überwinden. Ich habe genau DESHALB einige Male heimlich mit dieser Helga telefoniert, weil ich wissen wollte wie wir das handhaben könnten, falls wir wirklich noch mitfliegen wollten. Ich habe eine Zeitlang wirklich mit mir gekämpft und war wahrscheinlich deswegen mehr als seltsam die letzten drei Wochen, das gebe ich zu. Aber weißt du was: Ich habe uns noch zwei Plätze auf dem gleichen Flug ergattert wie Greta und Werner. Das heißt, du und ich fliegen im März nach Australien. So, JETZT darfst du von mir aus weiterwüten."

Er nahm sein Sektglas und prostete ihr zu, ohne dabei ihre Hand los und sie aus den Augen zu lassen. Mathilda saß ihm gegenüber, mit starrem Blick, offenen Mund und klopfendem Herzen. Sie konnte kaum glauben, was sie da eben gehört hatte und wünschte sich gleichzeitig ein riesiges Loch zum Verkriechen. Sie hatte ihrem Schorsch Unrecht getan. Und zwar auf die schändlichste Art und Weise. Wie konnte sie ihn nur wieder mal verdächtigen, eine andere zu haben? Sie wusste doch eigentlich nur zu gut, dass er sie über alles liebte. Und dass er jetzt für sie seine Flugangst überwinden wollte und sie zusammen nach Australien fliegen würden… das musste sie erstmal verdauen und verarbeiten. „Hat es dir jetzt komplett die Sprache verschlagen? Das wäre äußerst schade, weil ich ja dann gar nicht weiß, ob du das überhaupt noch möchtest. Also mit mir nach Australien fliegen meine ich." Er strich ihr zärtlich über die Wange. „Ach herrje, du bist ja eiskalt. Ist alles in Ordnung mein Schatz?" Unter seiner Berührung und seinen, so lange vermissten liebevollen Worten brachen bei Mathilda sämtliche Dämme. Sie schluchzte: „Du bist echt so ein Idiot! Ich war mir sicher, du hast was mit dieser Helga und verlässt uns. Hättest du nicht einfach mal mit mir reden können, was dich so beschäftigt? Das war doch nur mal so in einer Wein-Laune dahingesagt, ich weiß doch, dass du das Fliegen eigentlich hasst." Sie wischte mit dem Taschentuch über die Augen, das Georg ihr gegeben hatte. Er streichelte ihr die Hand, unter-brach sie aber nicht. „Ich gebe ja zu, dass ich vielleicht in letzter Zeit etwas neidisch war auf dieses „junge Liebe-Gefühl" von Greta und Werner. Aber dann ist mir bewusst geworden, dass ich ja so viel mehr habe. Vertrauen, Geborgenheit, Sicherheit, drei wundervolle Töchter, tiefe beding-ungslose Liebe, die schon seit Jahrzehnten anhält, das Gefühl von absoluter Überein-stimmung und in die gleiche Richtung zu gehen … und all das mit dem Mann, den ich über alles liebe. Und gerade, als ich mir dessen wieder bewusst wurde fingst du an seltsam zu werden. Und prompt hatte ich wieder die größten Zweifel. Ich stellte alles in Frage. Mich, meine Attraktivität, unser gemeinsames Leben, einfach alles. Und ich habe die Schuld bei mir gesucht."

Georg hatte Mathilda mit wachsender Erschütterung zugehört. Jetzt stand er auf und zog sie von ihrem Stuhl hoch, ungeachtet der anderen Gäste, die sich noch in dem Café befanden. Er drückte sie stürmisch an sich. „Denk so etwas NIE WIEDER, hörst du? Uns kann nichts auseinanderbringen, schon gar keine andere Frau. Du bist die, die ich immer gewollt habe und die ich für den Rest meines Lebens an meiner Seite haben will."

Dann kam er mit seinen Lippen näher an ihr Ohr. „Und so ganz nebenbei: Du bist immer noch ein echt heißer Feger!" Nach diesem Satz klopfte er ihr mit seiner flachen Hand auf Hintern und grinste schelmisch. Mathilda sah sich kurz leicht verschämt um. „Und jetzt lass uns auf uns und auf Australien anstoßen. Und diese herrliche Schwarzwälder Torte wird auch nicht besser, wenn sie nur vor uns rumsteht. Der Kaffee ist ja in der Zwischenzeit kalt, ich ordere uns mal schnell neuen."

Dann saßen die beiden noch fast zwei Stunden zusammen in dem kleinen Café. Sie redeten über Australien, über ihre Töchter und auch über sich. Und als sie später Arm in Arm und sehr glücklich zurück zum Auto liefen hatte Mathilda seit Ewigkeiten mal wieder Schmetterlinge im Bauch…

Am frühen Nachmittag parkte Marco sein Auto vor dem Chalet von Ronjas Tante Rosa und Onkel Karl. Ronja stieg aus und dehnte sich. Sie warf einen Blick auf den Brienzersee und fühlte sich ein wenig, als wäre sie wieder nach Hause gekommen. Marco lud ihr Gepäck aus dem Kofferraum und Ronja lief zur Haustür und klingelte. „Ach wie schön dich zu sehen Kind." Rosa drückte sie an sich. „Du kennst dich ja hier aus. Dein Zimmer ist gerichtet, du kannst also gleich nach unten, wenn du willst. Melde dich einfach, wenn du irgendetwas brauchst, wir lassen dich nämlich ansonsten völlig in Ruhe. Du kannst auch gerne Dagmar Bescheid sagen, falls sie etwas für dich tun kann." Ronja bedankte sich und ging mit ihrer Reisetasche die Treppe hinunter. Marco folgte ihr. Sie hatte ihn ihrer Tante kurz vorgestellt. Rosa wusste aber auch so Bescheid, sie hatte vorher schon lange und ausführlich mit Mathilda telefoniert und über ihn gesprochen. Außerdem war er ja schon mal kurz bei ihnen gewesen und hatte sich nach der Telefonnummer von Ronjas Eltern erkundigt. Er wirkte auf den ersten Blick unglaublich nett und sympathisch. Und Rosa kannte sogar

„Floras Schoggitruhe". Sie hatte dort schon das ein oder andere Mal Macarons gekauft, weil ihr Karl die so gerne aß. Ronja stellte ihre Tasche aufs Bett und ging hinaus auf den kleinen Balkon, der zum Gästezimmer gehörte. Sie lehnte sich an die Brüstung und schaute über die Berge, hinter denen jetzt schon langsam die Herbstsonne zu sinken begann. Marco trat hinter sie und schlang ihre Arme um sie. „Ich bin so glücklich, dass du wieder bei mir bist. Am allerliebsten würde ich dich nie wieder gehen lassen." Ronja lehnte sich an ihn, schloss die Augen und dachte: „Und ich würde am liebsten nie mehr gehen…

ENDE

Wie es Mathilda und Georg in Australien gefällt, ob Finja und Doro wirklich heiraten und wie es mit Ronja und Marco weitergeht ….
Das alles erfahrt ihr in **Band 6** von

„Ronjas Welt"

Ich freue mich auf Euch!

Eure „MUDDI"

www.Autorin-Corinna-Weber.de

www.Ronjas-Welt.com

Facebook: muddicw   Instagram:autorin_corinna